O Eterno Barnes

Salustiano Luiz de Souza

O Eterno Barnes

Viver para sempre pode custar caro

COLEÇÃO NOVOS TALENTOS DA LITERATURA BRASILEIRA

novo século®

São Paulo 2013

COORDENAÇÃO EDITORIAL Filipe Nassar Larêdo
DIAGRAMAÇÃO Libro Design e Comunicação
CAPA Monalisa Morato
PREPARAÇÃO Gabriela Coiradas
REVISÃO Débora Donadel
Equipe Novo Século

TEXTO DE ACORDO COM AS NORMAS DO NOVO ACORDO ORTOGRÁFICO DA LÍNGUA PORTUGUESA (DECRETO LEGISLATIVO Nº 54, DE 1995)

DADOS INTERNACIONAIS DE CATALOGAÇÃO NA PUBLICAÇÃO (CIP)
(Câmara Brasileira do Livro, SP, Brasil)

Souza, Salustiano Luiz de

O eterno Barnes / Salustiano Luiz de Souza. --
Barueri, SP : Novo Século Editora, 2012.

1. Ficção brasileira I. Título.

12-14315 CDD-869.93

Índices para catálogo sistemático:
1. Ficção : Literatura brasileira 869.93

2013
IMPRESSO NO BRASIL
PRINTED IN BRAZIL
DIREITOS CEDIDOS PARA ESTA EDIÇÃO À
NOVO SÉCULO EDITORA LTDA.
CEA – Centro Empresarial Araguaia II
Alameda Araguaia, 2.190 – 11º Andar
Bloco A – Conjunto 1111
CEP 06455-000 – Alphaville – SP
Tel. (11) 3699-7107 – Fax (11) 2321-5099
www.novoseculo.com.br
atendimento@novoseculo.com.br

À Dina,
vinculada solidariamente às angústias que
permeavam o âmago de Barnes.

Um dia todos morreremos com nossos conhecimentos e pensamentos, nossas emoções e paixões, nossos sonhos e amores. Tudo isso se perderá para sempre.

Mas não para o Doutor Barnes. Graças às suas pesquisas, a tão sonhada eternidade se torna, enfim, um sonho possível.

Salustiano Luiz de Souza
2012

Sumário

Prefácio

A cidade de Joinville conta com mais um homem de letras, que estreia com excelente romance.

Salustiano, ou simplesmente Salú, escolheu-me para prefaciar o seu livro. Admito a hipótese de que a deferência vise homenagear a mim, o seu amigo médico que sempre se interessou pelos seus curiosos relatos de ficção na área médica; ou a escolha teria sido motivada pelas palavras de incentivo para levar a cabo a presente empreitada.

Eu teria dito: "*verba volant, scripta manent*", as palavras voam, mas os escritos ficam.

Misto de escritor e advogado, Salustiano consegue transmitir às páginas do seu livro o entusiasmo e a dedicação necessários em ambas as áreas em que atua.

"Não vemos o mundo como vemos, mas vemos o mundo como somos". O personagem, Dr. Barnes, segue à risca esse conceito, por isso a sua incansável determinação para realizar os seus desejos, não se importando com o caráter ético e disciplinar de suas condutas.

Minuciosos detalhes ocupam a maior parte deste livro, dedicado a romancear avanços da medicina que contribuem para a busca incessante da vida.

Confesso que recebi com alegria o honroso convite. Assim, pude, antes do público, maravilhar-me com o que aqui vai escrito.

Eduardo Missias

Cirurgião Plástico atuante em Joinville – SC

Membro Especialista do Colégio Brasileiro de Cirurgiões – CBC

Membro Especialista da Sociedade Brasileira de Cirurgia Plástica – SBCP

Mestre em Cirurgia Plástica pela Universidade de São Paulo – USP-SP

Introdução

"[...] (publicamos) um trabalho descrevendo o envio do sinal de uma máquina diretamente ao tecido neural de um animal, sem mediação dos sentidos: na prática, criamos um sexto sentido.

Vai ser uma novidade explosiva, [...]. A internet como conhecemos vai desaparecer. Teremos uma verdadeira rede cerebral. A comunicação não será mediada pela linguagem, que deixará de ser o principal canal de comunicação."

Dr. Miguel Nicolelis*, médico e PhD, é professor da cadeira de Neurociência da Universidade Duke, nos EUA.

---

* O Doutor Miguel Nicolelis é um dos pesquisadores brasileiros de maior prestígio. Pioneiro nos estudos sobre interface cérebro-máquina, suas descobertas aparecem na lista das dez tecnologias que devem mudar o mundo, divulgada, em 2001, pelo Instituto de Tecnologia de Massachusetts (MIT, na sigla em inglês). Em 2009, tornou-se o primeiro brasileiro a merecer uma capa da Science. (Em 2011) foi nomeado membro da Pontifícia Academia de Ciências, no Vaticano. É autor do livro *Muito Além do Nosso Eu*. Fonte: *www.estadao.com.br*, 8 de janeiro de 2011.

Capítulo Primeiro

A morte mora ao lado

Eu mereço, pensou Rosemary.

Estava saindo do quarto 802 levando a pequena cestinha com medicamentos. Viria buscar os lençóis sujos depois. Não era a primeira vez que Seu Fred, o paciente mais ranzinza daquela ala, se sujava daquela forma. O pior eram os xingamentos em voz quase inaudível, enquanto crispava suas mirradas mãos, tentando se agarrar debilmente em quem se aproximava. *Também pudera, deve ter mais de oitenta,* pensou. Não tinha o hábito de ver a idade das pessoas, buscava no prontuário apenas o nome, gostava de chamar cada um por seu próprio nome. *Era humano*, justificava. Não há nada mais gostoso do que ouvir seu nome lembrado por outra pessoa. Bateu levemente na porta do quarto 801.

– Com licença. – Sabia que nem precisava pedir, dona Edite certamente já não a escutava. Acendeu a luz de canto e foi entrando. – Trouxe seus remedinhos.

Os anos de trabalho tinham moldado o hábito de conversar com o paciente enquanto fazia seu serviço e nem esperava mais pela resposta. A mulher jazia inerte, olhos arregalados fixados no teto. Aqueles olhos de um azul intenso, cercados pelas alvas pálpebras, se destacavam na penumbra do quarto. *O que será que ela vê?* Perguntou-se.

– Vamos trocar a roupa de cama – falou, ao mesmo tempo em que a tomava nos braços, erguendo-a pela cintura para colocá-la de lado, enquanto com a outra mão levantava a metade do lençol. Também pudera, pesava menos que uma pena. Realmente dava dó. Os olhos dela cravaram nos seus, esvaziando seus pensamentos.

O que será que ela pensa? Sua boca balbuciava palavras ininteligíveis, enquanto seu corpo era novamente depositado na cama para ser erguida a parte de baixo.

Isso mesmo, depositado, pensou Rosemary, *a que ponto chegamos.*

Este invólucro chamado corpo, este espectro que encerra dentro de si uma centelha chamada vida, é um mero joguete quando nos falta a vitalidade. E passa a ser depositado onde os outros querem. Falava consigo enquanto trocava os lençóis. Repetiu os mesmos movimentos, agora para colocar o lençol limpo. De novo aqueles olhos azuis cravados nos seus, grudentos, parecendo desvendar seus pensamentos e sentir o palpitar do seu coração...

Meu Deus..., pensou, ao sentir um calafrio, não sabia por que, mas aqueles olhos a embeveciam e a aterravam. Não sabia se era medo ou compaixão. Mas estes olhos sempre lhe falavam algo, pena que não conseguia desvendar o que queriam dizer.

Mecanicamente, tomou em suas mãos aquele braço magro e enrugado. As veias azuladas marcando a pele fina; mediu o pulso para sentir as batidas, ou melhor, para ver se ainda haviam batidas naquele débil coração. Colocou o termômetro sob a axila, anotou os dados, aguardou uns segundos para retirar o termômetro enquanto observava o quarto imerso na luz difusa.

Este hospital está precisando de reforma, pensou, observando as manchas com tons levemente amarelados na pintura.

Retirou o termômetro, temperatura um pouco baixa, ajeitou os cobertores sobre o débil corpo.

Ela deve estar sentindo frio, pensou, e, ao se abaixar sobre aquele corpo delgado novamente, sentiu o intenso azul daqueles olhos cravados nos seus. Olhos que pediam algo indizível, olhos que não choravam porque talvez todas as lágrimas já houvessem secado, olhos impregnados de uma profunda tristeza.

Os olhos podem nos dizer muitas coisas, podem pedir, implorar; podem sorrir e chorar, podem nos matar e nos fazer nascer de novo, nos devolver a esperança perdida ou nos trazer a redenção, nos mostrar a porta do paraíso, como o olhar que Cristo dirigiu a Barrabás ao ser preterido no perdão da pena imposta pelos romanos, pensava Rosemary.

Gostava de trabalhar naquela ala, embora a achasse profundamente triste. A dor e o sofrimento eram constantes, e perante a dor e o sofrimento somos impotentes e vulneráveis, ficamos perdidos e aturdidos. Dizem que nascemos predestinados a sermos felizes, mas não era o que se via ali.

Aqui o sofrimento e a dor sempre andam de mãos dadas com a morte, pensava Rosemary, *e esses três juntam forças para competir com a vida, numa luta inglória. A morte sempre rondava, sempre na espreita. Não sabia por que, há tempos tinha o hábito de classificar a morte em duas categorias, a morte rápida e a lenta. Na UTI, que ficava ao lado, a morte era rápida e certeira. Veloz, como se não pudesse per-*

der tempo. Muitos morriam sem serem cientificados disto. Não havia uma notificação, um aviso prévio, nada. Um derrame, um AVC, um acidente, lá vinha a morte com sua foice, fazendo mais um risquinho em seu caderninho mortal. Sem um aviso, sem um adeus, sem nada.

"Morte besta". É o que diziam muitos quando recebiam a notícia.

Mas a outra morte que Rosemary também presenciava era a morte lenta, inexorável. Era quando a morte perdia o primeiro duelo, deixava de conduzir seu mortal embrulho, retirava-se cabisbaixa, sem poder cumprir sua inglória missão.

O paciente ficava entre a vida e a morte, as duas se digladiando, com a ajuda da dor, que tentava fazer o sujeito desistir de viver, para facilitar o trabalho da morte, pensava.

Nesse caso, o quase morto ia para a ala de Rosemary. Alguns tinham a ventura de se safar, se recuperar, mas geralmente os que ficavam ali estavam condenados a morrer, pensava, se é que isto é uma condenação, porque todos nós também estamos condenados a morrer.

O salário do pecado é a morte, lembrava Rosemary, *está nas escrituras, mas os bebês que nunca pecaram também morrem. Então, isso indica que nem tudo que está nas escrituras* é *certo. Ou nós não conseguimos compreender o significado do que está escrito, nossa interpretação é falha, pois sempre lutamos até a morte para tentar compreender a vida e no fim a morte nos leva, e aí mesmo é que não compreendemos nada, tampouco compreendem os que ficam, e muito menos os que morrem.*

Nesta ala as pessoas iam definhando e morriam aos pouquinhos, parecia que a morte ia saboreando seus átimos de vida, cada minuto, cada segundo, avançando sobre as carcaças mirradas como a sombra da nuvem, que nem margem possui. Talvez fosse um modo da morte se vingar por ter perdido o duelo com a vida, agindo como se inoculasse um lento veneno, que se apoderava da pessoa e a devorava por dentro, e todos se debatiam desesperados, uns com mais força, outros debilmente, alguns em choros e prantos, outros apenas ostentando o lamento em seus olhos, como Dona Edite, a paciente dos profundos olhos azuis, mas todos tentando viver, pois a vida era a única coisa que conheciam e ninguém sabe o que tem do outro lado, então é bem melhor ficar por aqui. Por isso o bebê chora quando nasce, porque estava quentinho dentro da barriga e aqui fora é um mundo totalmente estranho e frio. E todos nós morremos de medo do que é estranho, porque neste mundo incerto não temos certeza de nada.

Todos os pacientes se agarram à vida com unhas e dentes, pensava Rosemary, *ou melhor, com velas e rezas, desde os mais moços até os mais velhos, como o velho Fred, aquele paciente das mãos mirradas e palavras chulas, que dizia desaforos e mais desaforos, mas ela não sabia se eram desaforos à vida ingrata que ele levava ou à morte que teimava em não se fazer presente. E por mais que quisesse viver, a morte o fazia sucumbir lentamente, como se o sufocasse com o travesseiro, como se colocasse um torniquete no seu coração e fosse apertando até exaurir a última gota de sangue, pois é nessa última gota que a centelha de vida escapa.*

Nesta ala é difícil saber quem realmente está vivo e quem já morreu, porque, em muitos casos, é tênue a linha que separa a vida da morte, igual às amebas e aos protozoários e outros seres que não sabemos se são plantas ou se são animais, e alguns não sabemos se são seres vivos ou mortos.

Quem está quase morrendo ainda está vivo, mas quem está quase vivendo já está morto, esse já está condenado, filosofava Rosemary, mas isso tinha lido numa poesia, e é estranho fazer poemas à morte, cantar odes a quem temos como inimigo, e nesse caso um inimigo mortal.

Um barulho lá fora chamou a atenção dela. Som de alguma coisa que caíra. Parecia algo metálico, muito estranho acontecer naquela hora. Largou tudo e se apressou a ver.

Essa noite promete, pensou ao ver o que era. O velho Fred havia se virado na cama, seus braços estavam enrolados nas mangueirinhas de soro e remédios e o porta-soro havia caído. O gesticular das mãos mirradas no vazio, ligadas pelas finas mangueiras, criavam na penumbra um lúgubre espetáculo. Era como um fantoche se movimentando, não só as mãos, mas também as pernas, e deitado daquele jeito parecia um jabuti quando colocado de pernas para cima, que não consegue se virar e fica mexendo braços e pernas, e ali estava ele, se contorcendo todo naquela penumbra, num espetáculo dantesco, macabro até.

Deve estar sentindo dor, pensou enquanto consertava o estrago, talvez por isso ele tivesse se debatido. Os lençóis sujos no cesto fediam demais.

Vou levar isso daqui, porque até amanhã o cheiro vai ser insuportável, então os enrolou num amontoado e foi saindo com eles dali, relembrando o que ainda tinha para fazer.

Tenho que lembrar o pessoal para pedir à família fraldas higiênicas, porque esse coitado não consegue se controlar mais e tenho que limpá-lo toda hora. Até para ele é ruim, porque não quer mais tomar banho e se agarra na gente quando vamos limpá-lo. Precisa vir um enfermeiro e dos fortes para segurar o homem. O hospital não fornece fraldas, será que não devia fornecer?

"Estamos em contenção de custos", dissera o diretor, isso não era problema dela, ainda precisava medicar mais quatro pacientes, já eram quase cinco da manhã, tinha que se apressar, era só o tempo de levar aquela roupa no expurgo para o pessoal da lavanderia pegar e voltar, talvez o pessoal da limpeza nem lavasse mais aqueles lençóis, talvez jogassem fora, aquilo fedia demais.

Passou na frente da UTI. A porta de vidro deixava vislumbrar um pouco do que ocorria lá dentro, embora estivesse tudo escuro, só se percebendo a silhueta dos pacientes naquela penumbra.

Triste penumbra, por que será que o sofrimento sempre tem essa cara de penumbra? Rosemary questionava-se.

Os vultos que emergiam na madrugada fria eram apenas isso: vultos. E enrolados em lençóis. Os anos de trabalho durante a noite fizeram seus olhos se acostumarem fácil com a pouca claridade.

Questionou-se se eram mortos-vivos ou vivos-mortos. Estranha quietude, nenhum gemido, apenas respirações, algumas guturais, como se pretendessem sorver todo o ar possível, outras fracas, imperceptíveis. Riscos rápidos de luz esverdeada dos ECG, os eletrocardiogramas, desenhavam nos monitores a estranha dança da vida, oscilando para cima e para baixo, cada um a seu tempo, num ritmo descompassado. Via-se o brilho das pequenas luzes vermelhas dos aparelhos, como se estivessem olhando para a penumbra, parecendo minúsculos olhos a espreitarem a vida que se esvaía naquelas respirações. Olhos de minúsculos dragões, guardiões das vidas que ali jaziam.

Estava agora passando na frente do anexo cirúrgico, o expurgo era mais à frente. Pelo vidro translúcido, viu luz acesa lá dentro.

Muito estranho, pensou, principalmente àquela hora. Ao que sabia, não havia nada programado naquela data e estes anexos quase não são usados durante a noite. *Será que esqueceram a luz acesa?*

O senso de responsabilidade falou mais alto. Largou o embrulho fedorento no chão, abriu a porta e apertou os olhos para tentar compreender a cena, ao mesmo tempo em que apertou o passo para chegar ao fundo da sala, onde estavam postadas duas mesas cirúrgicas.

O calafrio que percorreu sua espinha, o súbito adormecer das suas pernas, o aproximar-se repentino do chão ao desmaiar não foi rápido o suficiente para deixar de registrar o macabro quadro à sua frente e fazê-la dar um grito de pavor. Grito que sequer saiu de sua garganta.

– Meu Deus... – ainda teve tempo de balbuciar.

Sobre o corpo deitado do Doutor Barnes estava a Doutora Lourdes, estranhamente de pé, totalmente debruçada, com os braços caídos para o outro lado da mesa, passando por cima do corpo do Doutor Barnes, quase formando uma cruz. Nos seus olhos arregalados estava estampado o terror e de seus lábios entreabertos pendia um fio de sangue, sangue este que se espalhava sobre os alvos guarda-pós dos dois médicos, já banhando os lençóis.

E o mais estranho dessa cena: uma série de fios transparentes, como se fossem fios de nylon, pendiam da cabeça do Doutor Barnes, ligando-os à cabeça do paciente ao lado, um moço loiro, alto e de cabeça raspada, com todos esses fios passando por um notebook. Alguns fios tinham se soltado da cabeça do paciente, parecendo arrancados. Estavam presos pela mão crispada da Doutora Lourdes. No notebook, uma pequena faixa ia aumentando de tamanho, enquanto brilhava o letreiro sobre ela: Apagando arquivos...

Realmente, "a noite prometia..."

Capítulo Segundo

Uma máquina perfeita

Por que não pensei nisso antes? Pensou Barnes, erguendo os olhos da revista e fitando lugar nenhum. Sentiu o estômago doer, aquela costumeira pontada aguda, sua mãe iria dizer que era gastura, isso se fosse viva, coitada, morreu cedo. Mas tivera tempo de se orgulhar dele.

Ergueu-se para fazer mais uma xícara de chá. Era a segunda e geralmente tomava quatro quando estava em casa. Colocou a água para aquecer enquanto abria a caixinha para retirar o sachê. Ao ler o nome, viu-se à frente dos antigos alunos:

– Esta planta se chama *Maytenus ilicifolia* e se destina ao tratamento de úlceras, astenia, atonia gástrica. – Deliciava-se em falar difícil, fazia os alunos pesquisarem mais... – Não é recomendada para gestantes e lactantes. Alguém arrisca qual o nome comum? – Lógico que ninguém iria saber. E ali estava a caixinha, com um nome tão simples estampado: espinheira santa.

Ironia das ironias, pensou. Tinha um arsenal de medicamentos à disposição e tomava o chazinho da sua mãe. Estava no sangue, raízes da África. Mais ironia ainda, não confiava nos médicos, sei lá, são impotentes demais frente à complexidade da vida, fazem da vida um brinquedo, às vezes, e muitas vezes sequer sabem brincar com ela. Com a xícara na mão, voltou à leitura da *Science* e ao artigo do neurologista Jack Gallant. Resolveu gravar alguns dados no celular, não era muito fã de tecnologia, mas curvava-se à serventia desses aparelhos que agora faziam tudo, ou quase tudo. Com sua voz quase rouca começou a gravar, falando ligeiramente alto:

– IRM em escâner conectado ao pré-frontal criou zona de descarga dos neurônios piramidais e oscilação cortical. Houve intenso envolvimento dos receptores 5-HT2A e 5-HT1A. A clozapina mostra alta afinidade *in vitro* para 5-HT2AR e se comporta como agonista parcial *in vivo* com 5-HT1AR. Potenciais campos locais, LFPs, foram registrados no PFC da WT, KO-1A, 2A e KO...

Iria testar. Com certeza iria testar a recepção dos 5-HT, os famosos receptores de serotonina que fazem a ligação dos neuromodeladores. Há tempos desconfiava da função desses receptores, mas todos os estudos apenas os apontavam como responsáveis diretos em diversas doenças. Jamais lhe ocorrera que eles pudessem ter influência na zona do Fator G de Spearman, aquele fator que mais tem influência na cadeia cerebral que armazena a inteligência geral. Ajeitou-se na poltrona, ajustou novamente os olhos para não fitar nada e deixou-se deleitar pelo antever de uma possível descoberta.

Era um solitário, chamado de guerreiro moicano pela Doutora Lourdes, namorada de alguns anos, quando se encontravam, o que estava rareando ultimamente. Vida simples, hábitos modestos e, agora, quase ermitão.

"Você deveria sair um pouco", lhe dizia o jovem Bruno, colega de anos e hoje seu diretor no hospital; "Por que não voltas a lecionar?". Já não sentia mais prazer nestas coisas da vida, estava muito ocupado com suas pesquisas.

"Precisamos ver os resultados para publicarmos", dissera Bruno, mas ele não buscava mais publicidade. Certamente seus estudos poderiam trazer fama e dinheiro, mas não era esse seu objetivo. Buscava algo maior. Bem maior.

A vida, buscava apenas a vida, pensava. Não lembrava mais quando começara a maturar aquela ideia, que afinal se tornou obsessão e lhe consumia a maior parte do seu tempo, da sua vida. Interessante como a ideia da vida está intimamente ligada à morte, e tudo depende deste entrelaçamento vida-morte-vida. Para viver precisamos matar a todo instante, seja a carne que matamos para saciar nossa fome, seja a planta que matamos pelo mesmo motivo, pois sempre nos alimentamos da morte, e até mesmo o medicamento que tomamos mata o microrganismo que vive na nossa vida. Triste missão que nos foi confiada, a de tirar a vida dos demais para nos mantermos vivos. Somos os urubus da vida e nos refestelamos com a carniça da morte.

Como se voltasse de um transe, olhou ao redor: na sala mal iluminada, se destacava o pequeno quadro dourado sobre a mesa, emoldurando uma foto com vários estudantes e ao lado a inscrição "*To Dr. J. Barnes fondly. Class Master's degree in Neuroscience. University of Cambridge*". Refletiu que isso era o passado, passado que nos marca e nos atormenta, que nos eleva ou nos destrói.

Onde estará agora o velho Joe Trainor e suas injeções de estrogênio em seus ratos dopados? Será que a Doutora Angney conseguiu provar sua teoria sobre os marcadores da B12 com a atrofia cognitiva? A última notícia que tivera dela era da Minot State University. E aquele ali, o... Já não lembrava mais quem era aquele alto de barba, apenas lapsos perpassavam, como num velho filme carcomido pelo tempo.

Todas aquelas pessoas fizeram parte de sua vida, de suas risadas, de seus estudos, de seus conhecimentos. E agora eram um mero retrato em uma placa de bronze com dedicatória, cujas lembranças foram dizimadas pelo tempo.

Ah, o tempo, suspirariam os poetas, já se passaram mais de quinze anos. O tempo nada mais é do que um vilão que, aos poucos, nos surrupia a vida e nos engana dando a morte de presente, um pseudoamigo, constante e dolorosamente presente, que tem o dever de nos avisar da proximidade do fim. Um despertador que avisa, sempre em progressão geométrica, que do pó viemos e ao pó retornaremos. Estava profético hoje.

Será que Deus não é o tempo? Até porque o tempo é onisciente, onipresente e onipotente... O que mais nos fascina no tempo é que quanto mais vivemos, mais presente se torna em nós a figura do fim do nosso tempo, mais e mais a morte nos vem à cabeça, mais ela nos apresenta seu espectro, como se fosse ficando cada vez com mais tempo para nos espreitar. Quando se é jovem, a morte passa ao largo, não há muito tempo para se preocupar com algo tão distante, mas, com o passar deste mesmo tempo, ela se torna cada vez mais constante. Interessante que a morte dá sua largada quando nascemos, quando adentramos para a vida.

Nascemos grávidos da morte, filosofava o poeta, começamos a morrer quando nascemos. É como se nosso nascimento virasse a ampulheta, começando a lenta e gradual contagem do nosso fim. Do fim do tempo. Tempo que sempre carrega o estigma de ser amaldiçoado na juventude e abençoado na velhice, ou o contrário.

Na cabeça de Barnes, agora o seu projeto estava muito claro. Buscava a eternidade e cada vez mais encontrava os meios de conseguir encontrá-la. Era um alquimista e iria em busca de sua pedra filosofal.

Ergueu a cabeça. Tinha muito para descobrir.

•

– É simples, Doutor Barnes. Um processo muito simples.

Bill Markram era cientista chefe da Universidade Federal de Lausanne, na Suíça. Era o responsável pelo projeto Cérebro Humano e acabara de conseguir da União Europeia um financiamento de um bilhão de euros.

– Isso mesmo, Doutor, um bilhão. É muito dinheiro. – Markran e alguns pesquisadores de várias partes do mundo estavam trabalhando nisso desde 2005 e tinham a pretensão de construir um cérebro exatamente igual ao humano.

– Basta ter um meio de conexão entre o impulso e o computador – explicava –, basta ter o elo que transfira os dados de um local para outro.

Barnes tinha buscado auxílio de Markram porque precisava encontrar uma forma de condensar os impulsos elétricos dos neurônios, armazená-los numa forma física, transformá-los em arquivos de dados. Em um primeiro momento, acreditava que isso era impossível, mas passou a acreditar na ideia depois que começou a estudar a gênese da sinapse mais profundamente.

– Mas não há diferenças entre a memória instantânea e a memória armazenada, aquela que já ocorreu? – perguntava Barnes, cheio de dúvidas sobre o processo que Markran desenvolvia.

– Interessante questão, meu caro Doutor Barnes, interessante, mas não há qualquer distinção. Na realidade, não existe memória estática no cérebro, ela sempre está se refazendo, reexistindo.

Barnes escutava embevecido. Sua mente trabalhava a mil por hora, tentando assimilar o que lhe era repassado e já analisando como aquela informação se encaixava na sua pesquisa. Markran não parava de explicar:

– Olha, Doutor, tivemos que abandonar a arquitetura Von Neuman, que nós utilizávamos até agora como arcabouço para a pesquisa, porque o modelo já não servia aos questionamentos teóricos. Mas tudo mudou depois que nossos cientistas ligados à IBM desenvolveram os processadores neurossinápticos. Isso significa, meu caro Barnes, que há um componente cognitivo na análise. Entendes porque digo que não é estático?

Sim, Barnes sabia muito bem do que se tratava, pois acompanhava o desenvolvimento dos novos processadores da IBM. Aliás, possuía alguns amigos trabalhando nesse projeto, que estava sendo bancado quase integralmente pela defesa dos Estados Unidos, envolvendo parcerias com cinco universidades. Era constituído de uma nova geração de processadores experimentais "projetados para emular as capacidades do cérebro de percepção, sensação, ação, interação e cognição", segundo informara a própria empresa. Mas isso não era o que Barnes buscava, isso era uma emulação, criaram um software que estava tentando imitar um cérebro. Aliás, eles já haviam conseguido imitar o cérebro de um gato.

Mas o que ele queria era ir muito mais além, fazer algo muito mais inusitado. Simplesmente, Barnes pretendia copiar um cérebro, transformar os impulsos elétricos ocorridos dentro de uma cabeça em um arquivo de dados e depois implantar esse arquivo de dados em outra cabeça. Mas queria que isso ocorresse de forma completa, abrangendo toda a vida anterior e atual da pessoa. Todas as suas emoções, as suas experiências, os seus conhecimentos, queria transplantar tudo. Seria como criar um novo ser a partir de outro, mesclando duas almas em uma única.

"Você é louco", diziam, mas isso era lá atrás, porque agora Barnes já não discutia estas questões com mais ninguém, já não trazia a público as descobertas que fazia. Aprendera a silenciar, e quanto mais avanços fazia, mais seu silêncio imperava.

– O senhor está me dizendo que fazer esta codificação de impulsos elétricos para dados é fácil? – Barnes estava trocando ideias com Markram, mas era lógico que não havia contado toda a verdade a ele. Simplificara ao extremo, reduzira o campo da pesquisa, pois o que menos queria era ter outros cientistas de olho naquilo que agora era só seu. Tinha informado Markran que sua pesquisa abrangia tão somente as consequências dos impulsos neuromotores na movimentação coronária.

– Se o Doutor conseguir codificar estes impulsos elétricos e implantar em outro receptor, esse receptor automaticamente passará a responder impulsivamente na mesma frequência do doador – dizia Markram. – E não é difícil. Basta algum software que faça esse trabalho: codificar, decodificar e codificar novamente. *Será tão simples assim?* Perguntava-se Barnes.

Esse pessoal da IBM visualiza os dados do cérebro por meio de radiofrequência, por meio de imagens, pensava Barnes. Ele próprio já fizera experiências em macacos e já visualizara as diferentes sinapses que ocorriam quando submetidos a diferentes tipos de estimulações, principalmente quando das sinapses excitatórias. Mas isso era informação estática, os dados eram colhidos em frações de segundo, pois, logo a seguir, todas as informações mudavam completamente. Sempre que qualquer pensamento cruzasse o cérebro, toda a sua forma de ser mudava completamente, e isso ocorria continuamente, então, o que se precisava era uma forma de extrair as informações durante um período considerável de tempo.

E não era só isso, todas as informações geradas pelo cérebro eram armazenadas, como se fosse um disco rígido de computador, mas sempre se alteravam em frações de segundos, então este banco de dados era mutável e não se tinha ainda descoberto uma forma de trabalhar com esta variação tão rápida, tão dinâmica. Barnes era só reflexão:

Teríamos que modificar a forma de coletar estas informações, hoje apenas por imagem. Conseguir algum cabo que pudesse conduzir esses impulsos de milésimos de segundos sem qualquer perda. Tinha lido alguma coisa sobre fibras óticas.

Tirou a caderneta do bolso e anotou em seu *checklist* dois itens a serem pesquisados. Um era o laboratório de Yorktown

Heights, em Nova Iorque, onde estavam testando os protótipos de memória cognitiva da IBM, da qual o Doutor acabara de falar. Outro era na Unicamp, na melhor faculdade de Engenharia Elétrica do Brasil. Precisava conhecer mais as características da fibra ótica.

Capítulo Terceiro

De onde são estes arquivos, Doutor?

É este daqui, pensou Barnes, meio murmurando.

Sob a lente redonda da potente lupa havia um pequeno macaco, com a cabeça aberta, cérebro exposto, com um intrincado de minúsculos fios conectados a um notebook. Uma pequena capa de osso fora minuciosamente cortada e o cérebro do animalzinho parecia querer explodir de dentro daquela carapaça. Barnes estava ligando esses fiozinhos em alguma coisa no cérebro do rato.

Rede neural, repetia para si, *terminações nervosas formadas pelos neurônios e que formam toda esta complexa rede neural.*

Os minúsculos eletrodos eram parecidos com pipetas de vidro, dentro deles havia uma solução aquosa e Barnes os manuseava com extremo cuidado, pois era por meio deles que as informações eram colhidas. A cada novo microeletrodo introduzido, nova leitura aparecia na tela do computador e era mais um instrumento a emitir um som muito característico, um som derivado dos impulsos elétricos, e quanto mais instrumentos eram acoplados nesta orquestra, mais e mais a sinfonia cerebral se tornava harmônica.

A tela do computador piscava e mais uma linha era inserida naquele gráfico colorido que não conseguia se manter imóvel, era como a superfície do lago onde pululavam pedrinhas atiradas, formavam pequenas ondulações que se espraiavam de seu centro para as laterais. A pequena barra reluzente na tela mostrava o avanço nas informações coletadas. Barnes tentava agora separar os dados da memória permanente daqueles da memória temporária, também conhecida como memória celular.

Os estudos do psiquiatra Rony Collen, seu amigo particular, agora no Medical Center, em Dallas, no Texas, foram fundamentais para entender a diferença entre as duas. Cohen era um cara engraçado, e sempre comparava o cérebro a um computador.

– A memória temporária dura milésimos de segundo, é igual à memória RAM. Já a memória permanente é igual ao disco rígido. Demora a ser acessada – dizia.

Quem fez os seres vivos, seus cérebros, suas formas de pensamento, seus acessos às memórias, seus registros de atos e fatos, era um cara que entendia muito bem de computação, pensava Barnes, sorrindo.

Falando sério, quem será que nos fez? Perguntava-se ao enxertar eletrodos naquela caixinha de segredos chamada cérebro. Ficava pensando como teria sido a linha de montagem do mundo descrita em Gênesis:

"Haja luz! E houve luz. Separa a terra da água! Terra e água se separaram. Haja florestas e bichos! E apareceram florestas e bichos. Agora vamos fazer este ser supremo da criação, o senhor Homem. E ele foi sendo moldado do barro aos poucos, com muito cuidado, muito carinho, sendo dada forma a ele até finalmente receber o sopro da vida."

Olhava aquele pequeno cérebro de macaco e percebia que a anatomia era quase igual à do homem, quase nada a diferenciava dos demais primatas. Por que então o homem acreditava que tivera este privilégio de ser diferente? Único, de ser moldado, formatado por mãos divinas, se era semelhante a qualquer outro ser vivo? Algo estava errado nessa história.

O homem é composto do mesmo tecido que forma os músculos dos outros animais, do mesmo sangue que os irriga, dos mesmos nervos que os faz ter movimentos, respiram o mesmo ar e possuem o mesmo sistema que transforma os açúcares em energia.

Por que, então, seria o homem superior aos demais animais? Interrogava-se Barnes enquanto manipulava os aparelhos de medição dos impulsos elétricos.

Coitado do Darwin, que tivera a ousadia de contar a história de outra forma, ousara pensar diferente, ousara discordar do sistema de crenças vigente à época. Os dogmas, as crenças, as tradições se arraigam em nossas mentes de tal forma que não aceitamos qualquer coisa diferente daquilo que cremos, não aceitamos sequer discutir a questão, pensava.

Deus existe realmente? Salvo para poucas pessoas que questionam, Deus existe e sequer aceitam a ideia de que alguém ouse discordar.

Jesus Cristo é realmente filho de Deus? Faça a pergunta e verá o circo pegar fogo. E sequer temos argumentos para firmar nossas convicções. A fé move montanhas. A fé é cega. Tão cega que muitos se matam por um Deus que prega tão só o amor.

Religião nada mais é do que um sistema econômico. Alguém com poder sobre outro alguém. Sistema de influências: mago, sacerdote, astrólogo, padre, pastor, feiticeiro, pai de santo, bispo, todos, sem exceção, exercem poder, exercem influência sobre os demais. Arvoram-se em detentores do sagrado, em conexões com o divino, em detentores do conhecimento, e passam a ter maior poder que os demais, passam a exercer poder sobre os outros. O segredo é esconder o jogo e quanto mais conhecimento você tiver no meio dos que nada sabem, mais poder você vai ter. Deus é algo difícil, inatingível, bela moeda de troca na mão destes sacrossantos. Em terra de cego, quem tem um olho é caolho, mas com muito poder.

Buscamos o que não sabemos, buscamos Deus, esse desconhecido, e o buscamos avidamente, e como o desconhecemos, apoiamo-nos naqueles que se dizem seus representantes. Por isso procuramos líderes insaciavelmente.

As pessoas precisam de condutores, de alguém que as lidere. Pensar dá trabalho, gasta energia e ninguém gosta. É mais fácil alguém nos dizer a direção a seguir. E nada melhor do que Deus, esse imenso desconhecido, para ser usado por alguns como bastão na condução das pessoas.

Barnes teve um sobressalto ao ouvir repentinamente o celular tocando. Por que sempre acontece isso quando somos interrompidos? Sempre temos um sobressalto. O que será que tememos tanto? Será o medo do desconhecido? É rápido, o coração parece acelerar, a respiração ofega. Tomou o aparelho, que estava sobre a mesinha, e aceitou a chamada.

– Alô.

– Doutor Barnes, é o Doutor Barnes? – Poucos tinham seu número. Certamente era alguém muito conhecido, ou engano.

– Sim, quem fala? Ainda perscrutava detalhes na voz para identificar o interlocutor.

– É o James, Doutor Barnes. – Em milésimos de segundo antes já havia identificado a voz do jovem engenheiro. – Consegui abrir os arquivos, Doutor, o senhor precisa ver isso.

Com sua maturidade, Barnes já não tinha mais arroubos de euforia. Mas, agora, decididamente estava eufórico; no entanto, não podia demonstrar, pois o que menos queria era pôr em risco seu projeto.

– Muito bem, meu rapaz – disse pausadamente. – E o que você conseguiu ver?

– Tem muita coisa aqui, Doutor, parecem fragmentos de arquivos, mas não consegui decifrar em que linguagem foram criados. É linguagem de máquina, com certeza. Consegui abri-los, consegui. O Doutor não quer vir aqui?

Diria o bom senso que não era bom ir lá agora, poderia esperar até amanhã. Consultou o relógio, eram nove da noite, certamente a ansiedade não lhe permitiria dormir. O bom senso começou a ir pelos ares, ainda mais que a pesquisa de meses estava prestes a aparecer diante de seus olhos.

– Em quinze minutos estarei aí – falou Barnes, rapidamente.

– Sim, Doutor, sim, o senhor vai gostar. Até mais então.

Ficou ainda com o celular na mão, a mão próxima do rosto e o pensamento longe. Como se petrificado. Era cedo ou tarde para comemorar? É difícil estabelecer parâmetros para saber quando se deve começar a cantar vitória. E se não fosse verdade? E se o pobre diabo tinha pegado arquivos errados? Sei lá, talvez até para se autoafirmar.

Reavaliou a situação. Era conveniente ir lá agora? Um telefonema adiaria para amanhã, sem problemas, a idade lhe ensinou a ser frio e calculista, tentar pensar em tudo... em tudo é impossível. Iria sim.

Deixou suas experiências do jeito que estavam, observou o computador copiando os dados, ia demorar; verificou o pequeno dispositivo que dava ínfimos choques no ratinho para estimulá-lo, verificou alguns pequenos detalhes, tirou o avental. Aquela ala do hospital era sempre silenciosa e nesta hora não havia mais ninguém fazendo pesquisas. Só um louco igual a ele.

Abriu a porta e saiu.

Como podem fazer uma coisa dessas?

O escuro do corredor sempre lhe trazia à mente a mesma pergunta. Tinha que caminhar no escuro até próximo do elevador para o sensor lhe detectar e acender as luzes. Com o tempo criou seu próprio ritual. Deixava a porta aberta, com a luz acesa, ia até o elevador, apertava o botão de chamada, voltava, apagava a luz e chaveava a porta. *Um contrassenso, coisas de engenheiro*, pensou.

O mundo seria bem melhor se as pessoas pensassem mais, tentassem prever como se daria o uso daquilo que estão fazendo agora. Mas pensar dá trabalho e gasta tempo, sempre o bendito tempo.

Barnes lembrou-se que James era engenheiro. Será que pensava? Se bem que era novo ainda, muito inteligente, mas faltava a maturidade que só o tempo concede. Foi um achado, melhor, um pesquisado. Melhor aluno de mecatrônica, fazia parte da equipe de jovens professores, convidado pela própria Universidade. Entendia de computação como ninguém e tivera a paciência de estudar as antigas linguagens de programação, como Fortran e Pascal. Conseguia fazer executáveis diretamente em linguagem de máquina, dá para acreditar?

– Fortran e Pascal? – Barnes sequer imaginava o que fosse.

– Eram as primeiras linguagens de programação, muito rústicas, muito diferentes do que temos hoje – explicava pacientemente James. – O Doutor sabia que nosso sistema é decimal somente porque temos dez dedos nas mãos? – A vivacidade com que fazia perguntas era contagiante. Barnes gostava da conversa, de partilhar dessa energia. – Imagine o Doutor se a gente tivesse só quatros dedos em cada mão, nosso sistema seria octogonal, compreende? – A simplicidade iluminava sua voz. Isso fazia bem a Barnes, era como uma réstia de luz que lhe aquecia o quase embrutecido coração.

O ar frio da rua tolheu seus pensamentos, lembrando que não trouxera paletó ou jaqueta. Não podia mais se dar ao luxo de apanhar um resfriado ou coisa parecida. Tinha seus planos e nestes não estava contemplada a perda de tempo com doenças, diagnósticos e remédios. Já bastava o diagnóstico do estômago. Lembrou e sentiu a fisgada. Lembrou do chá que gostaria de tomar. Já não sabia mais se aquele chá realmente lhe fazia bem ou se o alívio era apenas psicológico. Não tinha ido mais ao gastro, sentia-se debilitado. Seu projeto não admitia riscos. Mas agora não ia subir para apanhar um casaco.

Desligou o alarme do carro, a luz piscou duas vezes, o capô já estava umedecido com a neblina que arredondava as luzes dos postes. Abriu a porta e entrou. Desde que sua esposa falecera, morava a uma quadra da universidade e geralmente ia a pé para o hospital. Mas tinha que vir apanhar o carro porque James morava no outro lado do campus, e isso significava quase três quilômetros, pois teria que margear todo o complexo hospitalar e não havia ruas internas.

Coisas de engenheiro, pensou com ironia. Nada tinha contra engenheiros, profissão era profissão, mas eram pagos para pensar, projetar, para ser mais específico, e isso significa pensar o futuro. Era um trabalho que aparecia depois de feito, por isso era fácil colocar a culpa no engenheiro.

Médico era diferente, tinha que agir na hora, o paciente já trazia o mal, e a cura era questão de possibilidades. Muitos pacientes já pesquisam seu problema na internet e, se titubear, já sabem mais que o médico. Fascinante mesmo é o poder de vida ou morte. Médico é alguém divino, que pode conceder alguns anos a mais de vida ou nos mandar para o caixão rapidamente.

– Carniceiro! – Tinha ouvido da boca daquele paciente que tivera isquemia cerebral.

– Suas mãos foram conduzidas por Deus! – dissera a esposa dele após a cirurgia.

A vida se resumia a isso, Deus e o Diabo na terra do sol, ou melhor, dentro do hospital. Seu sucesso ou seu fracasso, muitas vezes, dependia exclusivamente de saber o nome do remédio a receitar.

Gostava da profissão, embora ultimamente se dedicasse quase integralmente à pesquisa. Constantemente chamado nas cirurgias de alto risco, era louvado pela habilidade no manejo preciso do bisturi, e, mais recentemente, nas novas técnicas de trepanação para inserção de eletrodos eletroestimuláveis. Aliás, foi um dos primeiros a trazer para o país a pesquisa com microeletrodos, mudando radicalmente a concepção até então existente de que o único alvo passível de análise era o núcleo subtalâmico.

E pensar que há apenas vinte anos se fazia lobotomia, sorria Barnes para si mesmo.

A neblina teimava em arredondar as luzes dos postes quando fechou o carro. Eram só dois lances de escada para acessar a porta aberta, num apartamento de quarto e sala, que mais parecia oficina de eletrônicos.

– Venha, Doutor, venha, estou com os arquivos abertos, olha só, é um padrão totalmente diferente, sem ordem, um sistema complexo, Doutor, um sistema complexo... – Sua vivacidade era palpável, contagiante, envolvente.

– Veja, Doutor, veja, conhece a teoria do caos, do Lorenz? Aquele do "efeito borboleta", lembra? – Não, Barnes nem sabia do que ele estava falando.

Na sua frente, a tela mostrava uma sequência de letras e números, ininteligíveis, pululando do branco para o preto e vice-versa, e movendo-se rapidamente, mas quando se olhava, elas estavam paradas. Inacreditável.

– Só consegui abrir no DOS, Doutor, só no DOS, aquele sistema operacional antigo, porque esses programas de hoje não carregam nada fora do padrão, entende? Nem no Linux deu certo. – Barnes não entendia nada mesmo. Letras e números se sucediam num emaranhado único, iam subindo vertiginosamente à medida que o mouse era clicado.

– Parece código de máquina, Doutor, mas acho que não é, parece muito confuso, veja os padrões, os padrões, Doutor, olhe os *tokens*. Mas são códigos-fonte, sim, garanto que são fontes. Interessante, não são ASCII, muito fora de padrão. Nunca vi nada igual.

James parecia falar coisas ininteligíveis para Barnes. Ele olhava extasiado para aquele monitor. Aqueles arquivos, aquela infinidade de letras e números emanavam uma estranha sensação, algo que não dava para descrever. Barnes estava fascinado, não conseguia tirar os olhos da tela, parecia que tinha de cuidar daquilo, era como se aquilo tivesse vida e Barnes agora era responsável por aquela vida.

– A exponencial matricial não segue uma sequência lógica, dá para ver que são números complexos, mas os intervalos não combinam, entende, Doutor? – Cada vez Barnes entendia menos.

– O encadeamento lógico, Doutor, veja o encadeamento, ele parece que lê o pensamento da gente, se recria, é incrível. Parece que tem sentimentos, não parece?

Sim, Barnes estava tendo justamente esta sensação, parecia que aquilo lhe magnetizava, parecia que aquilo formava um corpo e esse corpo pedia a Barnes para cuidar dele. Que estranha sensação.

E a música que provinha dali? Era como se fosse uma sinfonia cerebral, uma música que tocava não para os ouvidos, mas uma música que soava dentro do coração, que estremecia o corpo e arrepiava a pele. Algo realmente estranho.

– De onde são estes arquivos, Doutor? – A pergunta feita sem levantar os olhos era singela demais e James sequer percebeu a reação perturbada de Barnes.

– Um amigo enviou... – falou titubeando. – É, um amigo da Suíça, do tempo do mestrado. – Recobrou-se rapidamente. – Ele está fazendo pesquisa com programações antigas. Falei de você e ele me enviou os arquivos. O que você descobriu? – perguntou já totalmente dono da situação. – Achas que daria para traduzir estes arquivos?

– Traduzir?

– É, saber o que tem por trás deste amontoado de números e letras.

Não, James não tinha como saber. Certamente Barnes estava falando em editar estes arquivos. Aquilo não era uma linguagem de programação, não era um executável, não era nada parecido com o que conhecia. Parecia que cada linha era viva e mutável. Jamais ele conseguiria ser um Champollion a desvendar a Pedra de Roseta, não, ali não havia qualquer padrão matemático que pudesse ser seguido, teria muito que estudar para chegar lá.

– Não creio que consiga logo – falou –, não há um padrão lógico na formatação, mas tenho que estudar eles, entende, Doutor? Vou ter que me debruçar em cima deles por um bom tempo – falava James, enquanto Barnes não podia deixar de reparar os erros de português cometidos por ele. Parece que a linguagem não era seu forte.

– É possível gravar estes arquivos em outra máquina?

– Sim, são arquivos simples e podem ser repassados para qualquer sistema. São mais de mil arquivos. Mas eles não tinham nome, Doutor, eu tive de renomear cada um. Estranho mesmo.

– Continue tentando, meu caro, continue tentando. Precisamos da tradução. Você anotou os passos para abrir os arquivos?

– Sim, Doutor, já enviei por e-mail, do outro micro. Deste não dá – falou, irônico. – Abrir é relativamente fácil. O problema não é abrir, é desvendar, ou seja, editar, Doutor. Esse seu amigo poderia dar algumas dicas...

– Segredo, meu amigo, segredo. Por isso ele paga, certo?

Barnes tem razão, pensou James. Estava sendo bem pago, embora sem compreender do que se tratava.

– Assim que tiveres novidades, avise-me. – Barnes precisava rever tudo o que se passara, necessitava saborear momentos, assimilar tudo o que se passara, pois fora muito rápido. Precisava pensar no que fazer. Estava empolgado, extremamente excitado, mas não podia deixar transparecer seus sentimentos na frente de James. O que queria já estava feito. Conseguir tratar aqueles impulsos elétricos, extraídos do cérebro de alguém, como se fossem arquivos de dados, podendo ser copiados, transferidos e talvez, mais tarde, editados.

Aqueles arquivos nada mais eram do que a vida de alguém. Todas as suas emoções, seus conhecimentos, suas experiências, tudo o que havia acumulado em seu cérebro havia sido condensado em pouco mais de mil arquivos, cerca de 800 megabytes de memória. Uma ninharia que cabia num pen drive barato. *A vida, a vida encapsulada num pen drive. Será que é isso que somos?* Pensou.

Desceu a escada lepidamente. Era uma criança novamente. Lembrava quando ganhara a bicicleta. Tinha os arquivos, copiara os arquivos. Abrir era fácil, dissera James. Então, a vida era copiável. Podia fazer uma cópia da vida. Isso mesmo, uma mera e simples cópia.

Só faltava agora trabalhar nos receptores. Desconfiava que os 5-HT, aqueles receptores de serotonina, seriam a porta de entrada do cérebro, a chave que permitiria vasculhar o que somos. Abrir era fácil. Era tudo o que precisava. Mas a estranha sensação deixada pelo serpentear dos caracteres na tela não saía de sua cabeça. Sentia uma imensa vontade de voltar e deixar-se ficar contemplando aquela tela que agora lhe parecia mágica. Que lhe chamava e lhe pedia proteção. Precisava dominar esse impulso. Voltou-se para a janela do segundo andar, onde James o observava.

Espero que esse cara não me incomode. Amanhã precisamos resolver isto, pensou.

Já conseguira o que pretendia. Copiar o cérebro estava resolvido. Tinha que pensar no que fazer.

Capítulo Quarto

A pesquisa está concluída!

Inacreditável. Realmente inacreditável, pensava James, sentado à frente do computador.

Seria possível? Arquivos vivos? Lembrou-se do livro *O Ponto de Mutação*, do Fritjof Capra. Imagine, física quântica pura. Estava ali a comprovação de que realmente existia um sistema virtual holístico, vivo e mutante. Era desafiador demais trabalhar com isso. O objeto está no campo visual do observador, dissera Capra, e varia conforme o observador varia sua forma de ver este objeto.

– Mas o objeto existe ou não existe? – perguntara o aluno. – Existe, mas não existe – respondera lacônico. Não havia respostas. Ou havia? Talvez agora a resposta estivesse ali, bem na sua frente, sopa de letras dançantes na tela negra. Uma frente de pesquisa que se abria e que poderia trazer incalculáveis benefícios. A excitação era grande, havia muito a pesquisar, a desvendar. Precisava adentrar na impenetrável alma daqueles arquivos, sondar sua essência, perscrutar seu coração. Aquela música... Ah, como era linda aquela música!

Mas havia um empecilho: o contrato com o Doutor Barnes. A qualquer momento, teria de devolver todo e qualquer material utilizado, todos os arquivos testados, tudo. E jamais poderia utilizar qualquer material ou resultado. Jamais poderia divulgar qualquer coisa relacionada a este assunto. E Doutor Barnes fora terrivelmente cuidadoso. Dera-lhe os arquivos num notebook que não permitia repassar os dados para outro dispositivo.

James tentou as possíveis conexões para copiar os arquivos, mas não tinha como. Não havia comunicação via *bluetooth* ou entrada de rede, não havia *wireless*, nem entrada USB, não havia gravador de CD, não havia nada. Doutor Barnes inutilizara todas as possibilidades. E havia etiquetas de lacre nas diversas junções, o que o impossibilitava de abrir o computador. Barnes fora extremamente esperto.

Precisava saber de onde vieram estes arquivos. Precisava de uma cópia deles. Sua intuição dizia que era algo espetacular, algo que poderia trazer inúmeros benefícios para a humanidade, algo que poderia mudar completamente o rumo da evolução da espécie humana.

– Meu Deus... – Fitava o notebook com os olhos fixos naqueles movimentos, fascinado pela tela negra e, sobretudo, pela suave dança quântica de letras e números. A disposição e o ordenamento eram cronologicamente precisos, ao mesmo tempo em que se mostravam caóticas e sem qualquer sequência. Que sensação estranha sentia, parecia que aquilo era parte dele e sentia uma intensa vontade de juntar-se àquele arquivo, fazer parte daquela dança bruxuleante.

Há ordem no caos, pensou, suspirando. Lembrava-se dos ensinamentos do filósofo Brüseke: "O caos é um estado específico do ser, não em uma forma objetivada, mas dinâmica, abrindo-se a todas as possibilidades".

Afastou-se um pouco, retirando os olhos daquela fascinante dança, ficando imóvel a contemplar o vazio, apenas ouvindo a suave sinfonia.

Deu-se conta de estar olhando para a parte frontal do computador, e ocorreu-lhe uma possibilidade até então não aventada, um raio de luz, uma inspiração salvadora: escondida, quase imperceptível, havia uma minúscula entrada SD, estas pequenas ranhuras em que são inseridos microcartões de dados.

Tinha um destes cartões em casa? Com o coração palpitando, revirou as gavetas na busca de um. Teria que ser rápido, não sabia por que, mas tinha que ser rápido.

Porcaria de cartão que não aparece quando a gente precisa, pensou, abrindo outra gaveta. Encontrou um de apenas 500 Kb. *Que bosta, este não serve.*

Lembrou da máquina fotográfica da Tatiana, sabia que tinha um cartão com capacidade maior. Ela esquecera ali e a apanharia na quarta-feira, sempre namoravam na quarta. Além do final de semana, quarta era o dia deles, quando "deletavam o profissional" e se dedicavam apenas aos "games" do amor. E Tatiana era exímia jogadora.

– Cadê essa porcaria? – Revirou suas coisas, roupas voando em todas as direções, e nada. *Deve estar no quarto*, pensou. Estava. Inseriu o pequeno cartão na ranhura frontal do notebook e tentou acessar o conteúdo. Nada apareceu na tela. Seu coração gelou. Apertou F5 para forçar a atualização e lentamente pequenos ícones começaram a aparecer. Eram as fotos tiradas no final de semana na praia.

Se pode ler, então pode gravar, pensou, com o coração palpitando. Abriu nova página do Explorer, posicionou as duas lado a lado, arrastou um dos arquivos do Doutor Barnes para o cartão SD. Sua respiração ofegava.

Teste, apenas teste, pensou. O sistema já estava ultrapassado há muito, um quadrado no meio da tela mostrou a evolução da gravação do arquivo.

Incontinente, selecionou todos os arquivos e instintivamente arrastou-os para a tela do Explorer que mostrava os arquivos contidos no cartão SD.

"Sem espaço suficiente na memória. Remova alguns arquivos", dizia a mensagem piscante na tela.

Rapidamente clicou o botão direito do mouse, desceu até onde se lia "formatar" e foram para o espaço os registros dos beijos e carinhos da praia. As belas paisagens, o marulhar das ondas, os sorrisos de um final de semana a sós foram apagados num único clique. Como é fácil remover pedaços de nós que se perpetuam no tempo. Pena que muitas coisas de nossas vidas, que fazemos e depois nos arrependemos, não podem ser deletadas assim. Talvez no futuro, quem sabe, quando descobrirmos uma forma de acessar a dobra espaço-tempo do Einstein.

Tatiana me mata, pensou, enquanto os arquivos eram copiados lentamente.

Na pequena caixinha transparente, na qual guardou o cartão, teve o cuidado de anotar: Projeto Backup.

•

Quem será a essa hora? Pensou James.

Começara a escutar ao longe o ecoar dos sinos, a catedral era majestosa e o carrilhão estava cada vez mais próximo. Só agora se dera conta que era seu celular tocando. Acordara. Estava cansado, passara a noite analisando os arquivos. Passara-os sob o crivo do sincronizador de matriz dinâmica para verificar a lógica de sua estrutura. Fora dormir muito tarde e ainda estava na cama. Abriu o celular e viu que já passava das nove. *Caramba, passei da hora,* pensou.

– Alô, aqui é James, quem está falando? – Sempre a mania de falar demais.

– James, é o Barnes, preciso passar aí, precisamos conversar. Pode ser?

– Sim, sim, claro, pode ser... Agora? O senhor precisa agora?

– Agora, pode ser? – havia algo de estranho na voz.

– Pode, sem problemas.

Correu para o chuveiro. Era algo muito estranho. Era a quarta ou quinta vez que Doutor Barnes vinha na sua casa, mas agora havia algo estranho. Haviam se falado na noite anterior, transcorrera pouco tempo, não imaginava qualquer razão plausível para sua vinda.

Será que viria explicar a origem dos arquivos? Era remota a hipótese. Doutor Barnes já saíra estranho dali. Agora percebia que desde a noite anterior já havia pressentido que havia algo estranho na atitude dele. Não se dera conta em razão da excitação decorrente da abertura dos arquivos. Mas havia algo estranho no ar.

– Como? – James não acreditava no que estava ouvindo.

– Infelizmente, tenho que levar o computador – falou Barnes.

Não! Imagine! James conseguira abrir os arquivos, "caçá-los" dentro do sistema, convertê-los de binários para hexa, tirar todos da ordem aleatória e dispô-los de forma ordenada, renomeando-os, por fim, sequencialmente. E construíra toda a sequência, todos os passos, detalhadamente, como se fizesse um manual de instruções. Agora que a sobremesa estava pronta não seria mais convidado?

– O senhor conseguiu alguém para fazer a tradução dos arquivos? É isso, conseguiu outro? – perguntava um James atônito.

– A pesquisa está concluída – Barnes respondeu rispidamente.

James ainda não acreditava. Qual a razão de tudo isso? A pesquisa estava só começando, os arquivos estavam ali, crus, como um alimento a ser elaborado, faltava tudo, imagine, agora que conseguira abrir os arquivos, precisava decifrá-los, ver do que se tratava, o que continha, qual a linguagem utilizada, o porquê de sua forma assim mutante, como se conseguiu aquele encadeamento, aquele novo padrão de programação. A cabeça de James fervilhava, não, não havia como terminar a pesquisa agora neste estágio.

– James, você foi contratado para fazer um trabalho, fez a metade dele, mas recebeu pelo serviço todo. – Barnes era incisivo e sua frieza, desconcertante.

– Não entendo, Doutor, não entendo, tem muito estudo a ser feito em cima disto, isto pode ser um avanço para a ciência, um avanço, entende? – James percebeu que Barnes não estava interessado em entender, havia outras questões que não estavam sendo postas, outras cartas que não recebera e que lhe tiravam do jogo. Não conseguia entender, mas sentia haver um ar de mistério, um grande mistério. Barnes estava diferente, não era o mesmo de ontem à noite.

– Meu caro, meu caro – Barnes falava com uma fria calma –, não se preocupe e esqueça o que viu. Fomos contratados para fazer este serviço e recebemos por isso. Não podemos ficar discutindo, certo? – A mão de Barnes sobre o ombro de James exercia uma leve pressão, sem muita força, mas com um peso avassalador. James nunca havia sentido nada parecido, mas tinha a nítida sensação de que aquela mão pesava mais de uma tonelada. Tentou se recobrar.

– Ok, Doutor, mas o senhor me permite discutirmos sobre estes arquivos na hora em que estivermos mais calmos? Eu gostaria de ver eles de novo, entende? Analisar...

– Não estamos nervosos, certo? – A fisionomia de Barnes estampava um estranho sorriso. – Não nos conhecemos, eu nunca estive aqui e você nunca viu qualquer arquivo. Estamos entendidos?

– Sim, ok, estamos entendidos. – James titubeava.

– Outra coisa... – Barnes olhou nos olhos de James. – Eu não gosto de ser contrariado. – Aquele olhar gélido, calculista ao extremo, afastou de James a mínima possibilidade de qualquer discussão.

Era algo muito estranho e James sentiu medo. Um incômodo e perturbador medo.

Capítulo Quinto

Procuro alguém para ser eu

– Perfeito! – exclamou Barnes em voz alta.

A palavra saíra por acaso, não teve como se conter, parecia ter sido evocada de dentro da xícara de chá quente. A voz alta fez a velhinha ao lado o olhar com reprovação, olhar que foi retribuído com um sorriso. Ela franziu mais ainda o cenho, demonstrando cara de poucos amigos.

Lógico que essa branquela não vai rir para um negro, pensou Barnes. Seria uma paciente?

Duvido, pacientes não frequentam a cantina. Ainda mais assim cedo. Deve ser algum parente de alguém internado e que tivera uma noite mal dormida, pensou.

Olhou novamente a ficha. Perfeito, era tudo o que precisava. Alexandre Granenko era alto e atlético, não tinha familiares próximos, vivia sozinho e estava em coma. Depositou o prontuário sobre a mesa, tomou o celular, escolheu o ângulo e fotografou. Dava para ler? Aproximou o aparelho um pouco mais do prontuário, enquadrando apenas a fotografia, e clicou.

Serei eu no futuro? Perguntou-se. Sinceramente? Preferia alguém mais moreno. Sorriu ao imaginar-se loiro.

Amontoou os prontuários na mesma ordem para devolver e somente então se deu conta de que passara a noite em claro, estava cansado.

Noites em claro já lhe eram comuns em razão das suas pesquisas, mas aquela noite estivera de plantão, era diferente. O cansaço parecia maior. *O sofrimento nos deixa cansados, parece que a dor dos pacientes se entranha em nós, se agarrando com sofreguidão, como as mãos mirradas do velho Fred, paciente do 802, aquele dos resmungos desaforados*, pensou.

Bocejou. Interessante que a maioria das pessoas vai ficando velha e dormindo cada vez menos.

A vida tem lá suas artimanhas, talvez ficar acordado seja a forma que encontramos para saborear um pouco mais da vida que aos poucos se esvai. Ou, como se diz hoje em dia, termos tempo para curtir mais o tempo, pensou.

Por que temos essa vontade louca de nos perpetuarmos no tempo? Ou seria no espaço? Einstein diz que são uma única coisa. Essa ânsia de viver e viver e viver. De sermos eternos. De certa forma, já somos eternos, pois nossos genes são repassados para nossos filhos, que os repassam para nossos netos, na infindável cadeia da vida. Mas não participamos conscientes deste processo, não somos convidados para essa eternidade, apenas nossos genes. A vida passa ao largo da gente, faz pouco caso, nos transforma em meros espectadores. É isso que somos: espectadores da vida. Apenas objetos repassadores de genes, com instintos selvagens de nos perpetuarmos a qualquer custo.

Lembrou-se do escritor Saramago e seu delicioso romance *Ensaio sobre a Cegueira*, como isto é evidente. Somos apenas instinto. Descemos aos mais abjetos porões do nosso interior para tentar conseguir um pouco mais de vida. Sobreviver e sobreviver a qualquer custo. Somos vis e desprezíveis na nossa luta diária pela sobrevivência, se necessário for. Não fossem as convenções sociais, estaríamos todos nos digladiando para tentar entranhar nas parceiras o maior número possível de genes, deixar nossas sementes, para tentar nos imiscuir nessa fugaz eternidade. Iguais aos cachorros nos postes, precisamos sempre e cada vez mais marcar nosso território no mundo dos genes.

E ao final tombaremos, como guerreiros, como o ratinho tomba após copular insaciavelmente. Sem contar que, às vezes, a vida nos prega peças, se esvaindo aos poucos, escorregando pelos vãos de nossos dedos, nos roubando quase tudo, nos relegando a autômatos, nos deixando, muitas vezes, apenas a luz dos olhos, igual aos penetrantes olhos azuis da dona Edite, cuja luz que os mantém acesos não sabemos se é alimentada pela vida que está se indo ou pela morte que está vindo, brilhando qual o último canto do cisne.

Somos apenas isso, pensou. Nossas paixões, nossas emoções, nossas experiências, tudo o que somos, no que fomos moldados, tudo isso se perderá no tempo. Desperdício da vida pela vida. Restaremos como uma lápide, uma lembrança póstuma, algumas lágrimas ligeiras, eventuais suspiros de saudade, mas que irão se rareando com tempo, sempre o tempo, esse famigerado e voraz destruidor da vida. Que legado sobrará de nós para o futuro? Talvez uma fotografia esmaecida. Talvez uma homenagem póstuma, um bater de palmas de uma plateia com os olhos fixados em suas próprias vidas, não na nossa. No fundo, somos todos apenas componentes desse infindável exército de anônimos que passam pela vida sem deixar qualquer marca, qualquer vestígio. Apenas mais uma pedrinha jogada no lago, que marca sua superfície com pequenas ondulações, enquanto o tempo corre para contê-las e retornar ao *status quo* anterior, dissipando-as lentamente, até voltar a ser aquela bela paisagem plácida que emoldura cartões postais.

E, no entanto, somos todos um só, uma só pessoa, um só ser. Somos moldados pela ancestralidade, somos frutos de nossos pais, nossos avós, nossos bisavós, nossos ancestrais. Somos a criação da linha de montagem da vida, aperfeiçoados pela máquina de usinagem do tempo. Nossos olhos, nossos sentidos, nossas paixões, nossas características, são fruto dos genes dos antigos que em nós habitam. Essa é nossa marca. E somos únicos. Dentre bilhões neste planeta, entre todos os que aqui habitaram e todos que ainda o habitarão, somos únicos, singulares. Somente o eu. Um eu que se perderá quando eu me for.

Somos a gota da água do rio da vida, com seus vales plácidos e suas cascatas turbulentas. Suas águas sempre caminham juntas, indissolúveis, numa única massa, não havendo como distinguir uma gota das demais, pois são um só corpo. E seu caminho é inexoravelmente igual para todas. Mas quanto mais aproximamos nosso olhar, mais percebemos que trilham caminhos diferentes, algumas passando por cima da pedra, outras pelo lado, algumas entrando em um pequeno desvio para se juntar às demais lá na frente. E cada uma, munida de sua desigual unicidade, nada mais é do que o todo, indissolúvel e indivisível.

Meu sorriso, minha voz, meus pensamentos, meu eu, tudo em mim é único. E esta singularidade a morte ceifa e se acaba para todo o sempre. Mas agora isto acabaria. Pelo menos para si. Detinha a chave da eternidade. Perpetuar-se-ia no tempo não com um mero perpassar de genes, mas como um eu absoluto. Terrível e assustador. Poderoso e perigoso.

O arsenal de informações que possuía, fruto das pesquisas de anos e anos, era perigoso demais para ser divulgado. Não era um perigo físico, real. Era um perigo interior, superior. Certamente outros se apropriariam de suas ideias, e certamente as experiências seriam proibidas. Não podemos esquecer o Código de Nuremberg e o posterior Tratado de Helsinque. Até podia antever o julgamento:

– O réu José Barnes, presente neste ato, reconhece que infringiu o código de ética médica ao fazer experiências com seres humanos? Tem ciência que suas ações foram criminosas nestes últimos dez anos?

Não, não era este o perigo que temia. Já não importava quantos comas foram induzidos apenas para comprovar experimentos. Não importava em quantos cérebros havia inoculado estranhas substâncias, ou quantos diagnósticos sem etiologias foram dados. Justificava-se no argumento da luta pela sobrevivência. Todos fazemos isso, só muda a dosagem, até mesmo os microrganismos fazem a mesma coisa, e todos apenas no afã de se manterem vivos. Aquelas malditas células cancerosas no seu estômago, por exemplo, não faziam o mesmo?

Mas o medo não era esse. Já não era isso que importava, já não se preocupava com tais questões menores. O que mais o preocupava neste momento era a forma como poderia ser ele mesmo sua própria cobaia. Como poderia ser o pesquisador e o pesquisado. O cientista e o fruto da pesquisa. Não era de todo incomum que muitos pesquisadores utilizavam o fruto de suas pesquisas em si próprios. O canadense Banting, por exemplo, injetou insulina em si próprio para verificar as reações do medicamento, quando pesquisava a cura do diabetes. Casos existiam aos montes. Mas aqui era diferente, era algo mais profundo.

Todas as experiências, as trepanações, lobotomias e leucotomias, as noites debruçadas sobre excertos de córtex, tálamos e hipotálamos, os mapeamentos de rede neural, as reconstituições de neurônios, tudo isso culminaria agora na experiência maior, no clímax, no apogeu de sua vida. Implantaria sua vida dentro de outra pessoa, de outra vida.

O criador morreria para que sua criatura pudesse viver. Como predito pelo apóstolo-profeta João: "E dou a minha vida pelas minhas ovelhas...". Aqui o criador se transformaria na criatura e a criatura seria seu próprio criador, fundindo-se na sempre presente dicotomia vida-morte. Mas não era por amor, como pregava João. A criatura seria apenas um invólucro para seu criador, algo a ser usado e descartado. Já não era a bíblica criatura o cerne da redenção, pois o criador estava se apropriando do seu sopro de vida. O criador seria eterno, sobrevivendo da vida alheia, mantendo-a viva apenas para viver dentro dela, igual à cria da vespa que, depositada no dorso da aranha, vai sobrevivendo ao devorar suas entranhas lentamente.

Vinicius de Moraes que me perdoe, mas que seja eu imortal, posto que continua a chama, mas que também seja infinito, não só enquanto dure, mas por toda a eternidade, pensou. Faltava apenas o amém final.

– Oi... – O sorriso franco na carinha miúda e corpo esguio viera da sua frente. Largou os pensamentos, ergueu os olhos e fitou Lourdes. – Conversei com o Doutor Bruno. – Ela falava sem esperar retorno do cumprimento. – Estamos preocupados com você. Precisamos conversar...

Precisamos conversar, pensou Barnes.

– Sim, precisamos conversar...

Lourdes eventualmente contribuía com alguma discussão para suas pesquisas, com algum material. Sua tese de mestrado sobre a influência da espessura do córtex no grau de inteligência, ainda quando na equipe do neurocientista Marcus Olhama, no Instituto Neurológico de Montreal, fora salutar para a compreensão do sistema neural e suas implicações na rede da inteligência geral. Suas longas conversas, suas "discussões cerebrais", como chamavam, foram se rareando com o tempo. E Barnes sabia por quê. Foram rareando na exata proporção do avanço de suas pesquisas. Não podia deixar Lourdes a par de tudo. Logo ela, tão ética, tão zelosa pela profissão e, sobretudo, tão holística. Jamais aceitaria a forma como seus experimentos eram feitos, jamais aceitaria o "tudo pela ciência" que Barnes praticava. E principalmente neste estágio, em que o "tudo pela ciência" se transformara no "tudo pelo Barnes".

A ideia já o atormentava há tempos e estava postergando o máximo que podia. Mas agora já não podia mais esperar.

Analisara seu *checklist*, que aos poucos diminuía. Não vislumbrava qualquer alternativa. A única pessoa que poderia desempenhar esta função, que poderia ser a detentora de sua vida, seria Lourdes.

Até pensara em Bruno, mas ele era muito ambicioso e jamais compreenderia as razões de Barnes. Jamais analisaria os sentimentos que o levaram a chegar neste estágio de pesquisa. Com certeza Bruno não era nada ético e roubaria todos os méritos de seu trabalho. Barnes riu. *Quem era ele para falar em ética*? Com certeza Bruno não era a pessoa indicada. A única carta na manga era mesmo Lourdes.

Lógico que não contaria tudo, principalmente, não revelaria como obtivera alguns "materiais" para análise, como desenvolvera algumas de suas experiências, como se fizera surdo a alguns gritos de desespero, de medo, de terror. Embora fizesse pelo bem da ciência, que agora se convertera na sua específica "ciência", Lourdes jamais aceitaria os meios levados a efeito para a consecução de seus fins. Mas o principal ela precisava saber, e só isso já era por demais assustador. Não tinha nenhuma noção de como seria sua reação. *Ser cobaia de si próprio tem seus inconvenientes*, pensou.

Seu projeto, seu futuro, sua vida futura teriam que depender de mãos habilidosas desta pessoa. Conseguiria fazer quase tudo, mas miseravelmente seria dependente de outra pessoa. Com todos os riscos decorrentes disso. Infelizmente, teria que dizer literalmente como todos os demais pacientes:

– Doutora, minha vida está em suas mãos.

Capítulo Sexto

A purificação de Lourdes

– Você é louco varrido – sussurrou Lourdes.

Ajeitou sua cabeça no ombro de Barnes. Após a partilha do prazer, não sabia explicar, ficava no ar uma sensação esquisita, algo como a mistura de querer bem e sentimento de culpa. E sequer havia porque ter culpa, pois ambos eram desimpedidos, maiores e vacinados, como dizia seu ex. Ainda estava tentando digerir o que Barnes lhe contara, mas parecia haver uma névoa, uma estranha névoa, que não a deixava pensar.

– Você tem que jurar pelo que lhe é mais sagrado que jamais, jamais, contará isso a alguém – pedira ele.

Há tempos desconfiava que havia algo estranho. Aliás, ele andava muito estranho. Era um pouco reservado, até concordava, mas estava reservado demais, longe de tudo e de todos, sempre metido nas suas pesquisas, sempre se recusando a mostrar resultados, fugindo de qualquer compromisso. *Até seu "rendimento" diminuiu*, pensou maliciosa. E não era culpa da neoplasia gástrica, não. Embora a etiologia maligna houvesse sido diagnosticada há cerca de dois anos, os sintomas quase não apareciam e estavam sendo tratados, embora não da maneira que deveriam, pois o *difícil era convencer o "guerreiro moicano" a ir ao médico*, riu para si mesma. *E haveria solução*, pensava. Deus não ia permitir que ele se fosse.

Barnes era um homem bonito. Elegantemente bonito. Embora já tivesse sido bem mais bonito, pois a chegada dos cinquenta inflige suas marcas, era ainda um "pedaço de mau caminho". Discreto, sempre bem trajado, primava pela aparência. Sua voz era irresistível, tinha um "quê" a mais, uma rouquidão que a distinguia. E seu rosto era um sorriso. Aspirou o perfume dele languidamente, sorriu como se acordasse do pensamento: realmente, não sabia explicar, mas o rosto dele era um sorriso.

– *Hi, can I sit with you?* – perguntara ele, atrevido, querendo sentar-se ao seu lado.

Era Chicago, dezembro de 1999. Tarde chuvosa de congresso chato. Um barzinho no hotel era providencial naquele frio. O chocolate quente também. Ela pensou que era um daqueles americanos chatos, metidos a doutor sabe-tudo, daqueles que adoram importunar quem está quieto, mas o rosto-sorriso desmentiu a impressão. Até pensou em dispensar a companhia, mas o sorriso dele era bonito demais.

– *The hot chocolate is divine, no?* – Era petulante o bonitão, o que será que pretendia naquela tarde gelada? Ela já estava com a vida resolvida, já se emancipara, como dizia para si. Sua filha crescera e o marido se fora, fruto do desgaste da igual profissão, elastecida nos plantões. Isso eram águas passadas, tudo o que queria agora era sossego. Mas o sorriso estava ali a exigir alguma resposta, alguma providência que ela não pretendia tomar. Era tão bom ficar se aquecendo próximo da lareira, saboreando o chocolate quente na tarde fria, ouvindo o blues baixinho e relembrando coisas boas. Não queria muita conversa, mas, sei lá, seria educada, e o sorriso merecia.

– *Where are you from?* – perguntou, querendo saber de onde ele era. Apostava que era americano, mas com sotaque diferente, só tentava descobrir o estado, talvez Califórnia, porque aquele sotaque não era do pessoal do leste.

– *Brazil. And You?* – A resposta veio muito rápida, não podia acreditar e somente ali percebeu que ficara enamorada por aquele irresistível timbre de voz.

– Espanha – murmurara espantada, ainda perscrutando cada centímetro daquele sorriso convertido em rosto. Um brasileiro por aquelas bandas? Brasileiros também estudavam? Não eram todos selvagens?

– *Entonces podemos hablar español* – falou ele rapidamente.

Querido... amado... A ternura inundou o horizonte pouco visível na neve que caía depois da vidraça. Soou o alarme do bom senso, era cedo demais para se derreter por alguém. Mas o coração sempre se sobrepôs à razão.

Foi ali que ele começara a ser seu pedaço de mau caminho. Foi ali que descobriu que duas almas podem se fundir numa comunhão de pensamentos, gestos e ações. Mas toda ação no universo possui uma reação e a comunhão que ela tanto amava estava se deteriorando.

Olhou para o lado, procurou os olhos dele e passou a mão pelo emaranhado cabelo, mas aqueles olhos não estavam mais ali. Queria que fosse diferente, que se tornassem "uma só carne", como no começo, nas saborosas discussões regadas pelo tinto das taças e margeadas por gostosas gargalhadas. Queria de novo o acesso à sua mente, à sua alma, à sua vida. Suspirou, como era bom aquele tempo. Era quando o embate profissional e a discussão técnica se mesclavam à ternura da partilha do conhecimento.

Mudara. A vida mudara ou o tempo mudara? Já não eram mais os mesmos. Tinha consciência das mudanças ocorridas nela, da maturidade que a tornara mais absorta, das manias que aos poucos se incorporaram e viraram hábitos, das preferências que se tornaram mais refinadas. O tempo se encarrega de nos moldar, nos aperfeiçoar, nos aprimorar, para depois nos devorar. Semelhante ao vinho, que vai se refinando no paladar à medida que envelhece, para ser degustado ao final, às vezes solitário, às vezes compartilhado, às vezes como lenitivo à mágoa, às vezes como acompanhante das risadas. Somos o vinho da vida nesta vasta adega chamada universo. E o tempo, este famigerado degustador, escolhe ao acaso qual rolha vai abrir primeiro, e sempre abrirá todas.

Estava triste. Não sabia por que, mas estava abstraidamente triste. Seus pensamentos estavam trazendo uma estranha melancolia. Não havia qualquer explicação plausível, mas sua intuição lhe dizia que havia algo de estranho naquilo tudo.

Aliás, há tempos sua intuição dizia que havia algo errado. Não sabia o que era, mas havia algo errado. Sentia que Barnes ainda nutria algum sentimento por ela, que ainda gostava de sua companhia, embora não a amasse, e isso ficara claro desde o começo. Mas a ternura entre os dois sempre fora grande e esse elo se fortalecera ao longo do tempo. Mas agora sentia que ele não estava ali com ela, sua alma estava ausente, como se estivesse ali apenas sua metade, sua metade física, desguarnecida de espírito. Isso começara há algum tempo, mas se intensificara cada vez mais, e mesmo com o diagnóstico de sua doença, parecia que ele ficara cada vez mais abstrato, mais alheio. Como se estivesse apenas observando a vida, como se a vida já não lhe interessasse mais.

Sabia agora o porquê. Descobrira a terrível verdade. Precisava pensar, pois seu cérebro ainda não captara toda a extensão do que ouvira. Levantou-se rápida.

– Aonde vais? – perguntou-lhe um quase desinteressado Barnes.

– Para casa – respondeu lacônica.

– Você não ia dormir aqui? – Trabalharia cedo amanhã e haviam combinado que ela passaria a noite ali. Gostava do café que ela preparava.

– Vou para casa – disse Lourdes, não sabendo explicar a razão dessa decisão, dessa impulsão repentina, somente escutara o alarmc do coração, pois seu cérebro ainda estava aturdido. Corria perigo.

É muito estranho, pensou.

A angústia mesclada a um estranho medo inundava todo seu corpo. Seu coração estava pesado demais, era algo indefinível, indecifrável, mas estranhamente triste. Precisava fazer alguma coisa para voltar ao seu equilíbrio. Equilíbrio de corpo e de mente. Uma carga muito grande pairava sobre ela, sentia o peso dessa aflição indescritível e precisava reconfortar-se nos elementos.

Na penumbra da sala, iluminada apenas pela réstia de luz vinda do corredor, tomou o pequeno tapete e o estendeu, cuidando para coincidir suas pontas com os pontos cardeais. Acendeu a pequena vela e colocou-a sobre a ponta virada para o leste. Também pôs ao lado um pequeno címbalo de metal prateado que comprara nas escadarias do Potala, quando estivera no Lhasa. Na ponta oposta, depositou o pequeno recipiente com água, colocando ao seu lado dois pauzinhos de bambu, adquiridos nos templos de Angkor. Na ponta voltada para o norte, colocou o incenso fumegante, pondo em seguida dois pequenos chocalhos ao lado, não se recordando mais onde os comprara. Na ponta oposta, voltada ao sul, deixou a pequena pedra vulcânica que havia ganhado de uma nativa de olhos negros e rosto amendoado, de uma tribo aos pés do vulcão Vilarrica, no Chile. Ao lado, colocou um pequeno tambor, de pele quase negra, trazido da Montanha da Mesa, na africana Cidade do Cabo. Por fim, depositou a rosa branca, dentro do pequeno vaso chinês, no centro da mandala que se formara naquela disposição dos elementos.

Na pequena cuia de pedra-sabão, colocou as ervas secas, aproximou o fogo até aparecerem pequeninas labaredas, soprando-as com cuidando até se apagarem, restando apenas fumaça, que começou a espalhar-se pela sala. Como num ritual contorcionista, passou a cuia ao redor de seu corpo, circundando-o como uma mola, imergindo-se na branca fumaça, como se estivesse se envolvendo numa nuvem. Buscava a purificação, para poder adentrar ao sagrado poder dos portais e assim conseguir buscar com maior intensidade seu campo sutil, buscar a intuição, buscar a sempre inacessível resposta aos mistérios da vida.

Postou-se de pé, com o corpo em direção ao leste, e invocou em voz baixa:

– Dirijo-me ao portal Leste, portal do fogo, arquétipo do visionário e caminho da luz inspiradora. Caminho da força de vida, da energia, da iluminação. Desejo honrar este portal com o som do címbalo. – Abaixou-se, tomou o pequeno objeto em suas mãos, retinindo-o suavemente, deixando o som ecoar lentamente e se perder no tempo.

Virou-se então para a direita, posicionando-se na direção do sul, fazendo nova invocação:

– Dirijo-me ao portal sul, portal do elemento terra, gaia sagrada, mãe mantenedora e também arquétipo do curador. Caminho da grande mãe criadora e também caminho da reverência ao sagrado. Desejo honrar este portal com o som do tambor. – Novamente abaixou-se, tomou o pequeno tamborim em suas mãos e fez ecoar pequenas batidas. Depositou-o no seu lugar, virou-se lentamente na direção oeste, novamente invocando:

– Dirijo-me ao portal oeste, portal do elemento água, arquétipo do meditador e caminho da busca da paz. Também caminho do pôr do sol, caminho da finitude da vida. Desejo honrar este portal com o som dos pauzinhos, que lembram os ossos dos antigos. – Abaixou-se, tomou os pequenos bambus e os bateu levemente, num leve clique. Na sequência, virou-se para o norte, fazendo nova invocação:

– Dirijo-me ao portal norte, portal do elemento ar, caminho do mestre, do conhecimento do sagrado e caminho da sabedoria. Também caminho da purificação espiritual. Desejo honrar este portal com o som do chocalho. – Abaixou-se, tomou os chocalhos e fez vibrar seus sons por alguns instantes.

Depois, dirigiu seu olhar para o centro do tapete, invocando em voz baixa:

– Dirijo-me ao portal central, portal do ser, portal da quintessência e do éter. Caminho da obtenção da força cósmica, da sagrada energia, caminho do *kundalini*. Desejo honrar este portal com o meu silêncio. – Permaneceu em silêncio por alguns segundos, ajoelhando-se depois, falando em voz baixa:

– Que a abertura destes portais possa ser lâmpada para meus pés e luz para meu caminho.

Com o corpo purificado e o espírito receptivo, sentou-se à frente do tapete, em posição de lótus, posição reverenciada pelos indianos como *asana padmasana*, com os pulsos levemente apoiados sobre os joelhos, os dedos indicadores, que representam o elemento ar, unidos aos polegares, que representam o fogo, formando o *gyan mudra*, o círculo da continuidade da vida, deixando-se imergir na *dhyana*, nome que os indianos usam para a meditação. Seu semblante carregado pareceu amainar à medida que diminuiu o ritmo da respiração, no *hatha yoga*, e Lourdes passou a meditar suavemente.

A luz bruxuleante da vela jogava sombras nas cortinas, em espectros que rondavam a sala, numa insana dança, mas que não conseguiam vir ao centro, como se a energia dali emanada as afugentasse. A escassa luz iluminava a estante quase negra, sobressaindo a brancura da página aberta de Salmos.

– Tem compaixão de mim, ó Senhor, porque estou angustiado; consumidos estão de tristeza os meus olhos, a minha alma e o meu corpo.

O rosto, antes marcado pela tristeza, aos poucos pareceu reconfortar-se e seus lábios já não estavam tão cerrados. Seu cenho franzido aos poucos desvaneceu a aura de angústia que irradiava de sua silhueta fracamente iluminada pela escassa luz.

Buscava seu animal sagrado, seu totem protetor, seu mentor de energia, o puma sagrado, rei e líder das formas felinas.

As imagens teimosamente passavam por sua mente enquanto canalizava suas energias para a busca do vazio, do nada absoluto, do puro meditar. Queria limpar sua mente de todos os resquícios de aflição, de temor, de medo, para que entrasse suavemente a energia cósmica do universo. Mas não conseguia a almejada meditação, as imagens pululavam, saltavam, mesclavam-se em formas e silhuetas, em difusas sombras, em impenetráveis códigos.

E no turbilhão de imagens que dançavam em seu cérebro, uma imagem flutuante de seu ser, leve, ondulante, começou a adquirir contornos de nitidez, trazendo um calafrio que, igual a um raio, percorreu sua pele.

Pairava sobre um vale nebuloso e desolador, um abismo profundo. Nefasto e medonho. Pairava sobre o bíblico vale da sombra da morte.

Capítulo Sétimo

Quem é o contratante?

– Deve ser coisa de cérebro, Doutor Barnes trabalha muito com isso – falou Tatiana, alisando o cabelo loiro e brilhante.

Nem terminara de falar e James já compreendera toda a extensão do que ela estava dizendo. Como não pensara nisso antes? *Será, meu Deus, será que isto poderia ser possível?* Embora James fosse lotado na área de ciências computacionais, sabia que Barnes era neurocientista, era o maioral da ala médica universitária, suas publicações eram famosas no mundo científico. Algumas de suas pesquisas se tornaram referência na cirurgia neural e James participara de algumas sessões de homenagem ao "prata da casa", como dissera o Doutor Bruno no último discurso que assistira.

Mas isso era só o que sabia. E ficou admirado e lisonjeado quando foi procurado pelo Barnes, que, com um notebook embaixo do braço, solicitou uma pesquisa de cunho privado, para ser feita em sua casa, mediante pagamento, algo extremamente incomum no âmbito universitário.

E agora a suspeita clareava igual um raio que caía vertiginosamente. *Só pode ser algo relacionado ao cérebro...* É verdade, agora começava a perceber a forma de agir do Doutor Barnes, a formalização do contrato, a proibição de divulgação. "Proibição sob qualquer forma" estava prevista contratualmente. E os pagamentos adiantados. E o pagamento do valor integral mesmo tendo sido feita apenas metade do serviço. Não entendia, mas entendia que tinha nas mãos algo incomum, fora de série, "grandioso" diria até.

James ainda não havia se conformado com o encerramento da pesquisa. Sequer sabia explicar, não era muito apegado a sentimentos, sua formação sempre foi no campo da engenharia, ele era "linear", sempre repetia, sua intuição era numérica, brincava. Mas aqueles arquivos mexeram com ele, se arraigaram dentro do seu ser, criaram raízes em sua mente, se apegaram ao seu coração.

Porra cara, eu um cara tão cético, tão porra louca, ficar achando que estou apaixonado por uns arquivos? Ria-se, mas por dentro sabia que aqueles poucos dias que se manteve em contato com eles fizeram diferença. Foi como conceber um filho, parir uma vida, ser mãe. *Putz, bicho, eu hein? Ser mãe. Até parece...*

– Sabe o que é passar uma noite contemplando aqueles arquivos? Vê-los saltando na tela e ao mesmo tempo vê-los imutáveis? – Não, Tatiana não sabia. Era atendente na área de psicossociologia, que teve a felicidade de ser aceita na área de atendimento social da universidade. Era mera funcionária, cargo à altura de seus conhecimentos desprovidos de sentimentos. Nem sabia por que descambara para a área de Humanas. É que *Exatas era bem mais difícil, muito número,* justificava.

A área de Ciências Humanas tinha o componente da inexatidão, da subjetividade, era indireta, pessoal, totalmente oposta à aridez das Exatas. E componentes humanos foram cruciais para que Tatiana obtivesse seu diploma. Sua beleza física, aliada a seus predicados verbais e táteis, foram poderosos aliados na obtenção de favores, principalmente notas, que surgiam pródigas na intenção de mantê-la na condição de universitária. Sempre houve professores ou monitores que não mediram esforços para que Tatiana continuasse ali, esforços regiamente recompensados com voluptuosas carícias.

Mesmo depois de formada, não faltaram interesses em sua manutenção na universidade, posto que seria uma lástima desfazer-se destes dotes tão alvissareiros. Tais predicados já a faziam exercer o cargo por cinco anos, sendo quase dois dedicados a James, agora alçado à condição de bom partido.

E não se credite que a alcova tenha lhe tolhido a inteligência. O convívio com expertos a fez desenvolver a rara qualidade de aproveitar todas as informações que pudessem lhe proporcionar qualquer tipo de benefício, por mais ínfimo que possa parecer. Tais informações, negociadas em doses homeopáticas, aguçaram sua sensibilidade, desenvolveram seu faro para tudo que pudesse render frutos, lapidaram seu tato para sentir oportunidades.

Sentira que havia um mar de oportunidades tão logo James lhe contou. Era questão de tempo e articulação. Com certeza extrairia mais detalhes, o que considerava fácil ante a ingenuidade do parceiro.

– Mas você não conseguiu cópia desses arquivos? – O ar angelical da pergunta trouxe James de volta à realidade. Ele amava aqueles olhos extremamente azuis, penetrantemente azuis.

– Sim, preciso que fiquem contigo, guarda bem. – James, apesar do medo, já tinha seu plano, já sabia como forçar Barnes a revelar seus segredos, a falar sua verdade, a compartilhar suas descobertas. A humanidade precisava saber o que Barnes sabia. E James iria partilhar desta glória. Mas se precavia. Precisava jogar, mas também precisava esconder o jogo. Não sabia por que, mas sentia um terrível medo de Barnes. E algo lhe dizia para tomar cuidado.

Tatiana saiu apressada. Iria visitar a avó, dona Edite, internada no 801 do Hospital Universitário. Quem sabe não encontrasse Doutor Bruno pelo caminho? Esses encontros sempre lhe rendiam bons trocados. Seus "segredinhos" sempre ajudavam no orçamento.

•

– Seu moleque! – falou Barnes, quase gritando.

Estava possesso. Jamais poderia admitir ser chantageado. Jamais poderia permitir que quem quer que fosse arruinasse seus planos. Até aqui fora tudo minuciosamente traçado, bem ao seu estilo. Elencara os procedimentos nos mínimos detalhes, justamente para evitar qualquer erro, qualquer contratempo.

– Não, Doutor, não estou chantageando, mas isto tem que ser publicado, entende? Tem que beneficiar a todos, é uma grande descoberta...

– Quem decide se publica ou não sou eu. – Barnes não tinha mais como alegar que a pesquisa não era sua, James fora incisivo e já estava convencido. Era um crime contra a humanidade esconder suas descobertas. Imagine quantos benefícios isto não geraria. Em sua ingenuidade, acreditava que bastaria apenas apelar para o espírito humanitário de Barnes. Realmente não o conhecia, realmente James era muito ingênuo.

– Você foi bem pago, não tem o direito de se intrometer! – Apontava seu dedo em riste na direção de James. Estavam na sala de Barnes, e isto lhe dava certa superioridade sobre o oponente.

– Mas o senhor mentiu para mim, disse que os arquivos eram de outro médico...

– Estava protegendo minha pesquisa. Você não tem nada a ver com isso. – Barnes já não aturava mais ficar dando explicações a um moleque que estava tentando se aproveitar da situação. Será que sua motivação era dinheiro? Sabia que não podia ceder, pois a chantagem sempre se multiplica, sempre volta. O chantageado sempre tem que alimentar o chantageador, numa espiral sem fim. Não, Barnes jamais ficaria refém da situação, jamais se deixaria chantagear por um imberbe professorzinho de meia pataca. Resolveu sondar o que realmente aquele moleque pretendia.

– Quanto? – Sua pergunta foi incisiva, certeira, mortal. Barnes tentou atingir James, pois sabia da retidão de seu caráter e a pergunta da forma como foi feita servia apenas para tirar o adversário da jogada, fazê-lo perder o raciocínio, esquecer sua argumentação.

– Como? – James tentava fazer o cérebro trabalhar para assimilar a pergunta.

– Quanto você quer para me deixar em paz? – Não havia ainda terminado a pergunta e James se inteirou do que ela significava. Já não conseguiu mais esconder a raiva que lhe tomou conta. Barnes conseguira seu intento de tirar James do sério.

– Escute aqui, Doutorzinho, eu não estou passando fome, eu não estou mendigando, entendeu? Eu trabalho, entendeu? Não quero seu dinheiro miserável. Não vim pedir esmola, seu canalha!

Realmente James não tinha nenhuma pretensão, salvo a possibilidade de partilhar alguma sobra de glória caso estas pesquisas ficassem famosas, caso dessem resultados. Na realidade, buscava também a possibilidade de voltar novamente a contemplar aqueles arquivos, aquela tela serpenteante que tanto o fascinara. Não sabia explicar a razão, mas aquilo tinha mexido com seu interior e James sentia uma vontade muito grande de rever aqueles arquivos. Era como se estivesse apaixonado por eles.

Além disso, estava ali naquela posição de confronto porque acreditava que o conhecimento era algo maior, coletivo, que deveria ser compartilhado. James era um idealista. Repetia para si que não sabia até quando seria, porque sentia os seres humanos cruéis e insensíveis. E insensatos. "Vivem como se nunca fossem morrer e morrem como se nunca tivessem vivido", como tão bem falou Confúcio. Esquecem-se do presente, do agora, e se dedicam a lutar insanamente na busca do amanhã, até que, extenuados, percebem que não viveram o momento presente. E são egoístas, egoístas ao extremo.

– É isso que o senhor é, Doutor. Um grandessíssimo egoísta. Não está pensando nos outros.

– O senhor se retire. Vá. Não temos mais o que conversar. – Barnes quase gritava e só não o fazia porque conseguia ter um controle muito grande sobre si mesmo.

– Eu vou, Doutor, eu vou. Mas quero lhe dizer o seguinte... – James jogou sua última cartada – eu tenho os arquivos, Doutor, eu tenho eles. – Tirou um pequeno USB do bolso.

– Está vendo isso aqui, Doutor, está vendo? – Barnes não imaginara que James conseguiria copiar os arquivos. Havia bloqueado todas as possibilidades.

– É mentira! – esbravejou um Barnes furioso – Você não tinha como. – Ele só podia estar blefando. Fora meticuloso, estudara as formas que poderiam ser utilizadas para leitura e gravação no computador. Não era possível.

– O senhor não é tão esperto, Doutor, não é tão esperto. Esqueceu um detalhe, Doutor, esqueceu. E esquecer detalhes é fatal na nossa atividade, Doutor. – James falava esse Doutor puxando bem o erre do final, com uma ponta de ironia, pois agora conseguira recobrar-se.

– Mentiroso, está blefando, saia já daqui. – Barnes lutava para não deixar a discussão descambar para um escândalo. Era tudo o que James desejava, queria chamar a atenção. E era tudo o que ele não queria. Conseguira até agora passar despercebido nas suas pesquisas e não era um moleque que iria estragar tudo. Respirou fundo, precisava manter a calma.

– Estou saindo, Doutor, estou saindo, mas chamarei a imprensa, denunciarei o senhor. Com certeza a universidade fará uma sindicância. – James sabia os procedimentos. Sabia que qualquer denúncia desencadearia uma sindicância interna. Principalmente se viesse acompanhada da opinião pública. E ninguém desejava esse martírio, muito menos Barnes, estrela maior do time.

– E outra coisa, Doutor, para provar que não sou de mentiras, fique com os arquivos, verifique se são os seus. Verifique, Doutor, eu tenho cópia deles em casa, Doutor. Lembra que o senhor perguntou se dava para copiar em qualquer computador? Lembra? – James parecia feliz por acreditar que dominava a situação.

Barnes tomou fôlego. Conseguiu controlar o impulso de quebrar o pescoço do oponente. Fitou James com um olhar tão gélido que este sentiu o frio percorrer seu corpo, num frêmito de medo e intimidação.

– Escute aqui, seu moleque, mesmo que você tenha estes arquivos, eles não dizem nada. E ninguém vai acreditar em você, você trabalha com arquivos, eu trabalho com cérebros. Quero ver você provar a ligação dos dois. – Sim, não tinha como, somente Barnes, o futuro eterno Barnes, detinha este poder. Ninguém mais tinha esse elo.

James sentiu que estava perdendo terreno. *Pensa rápido, James, pensa, como conseguiria provar a ligação, como conseguiria?*

– O contrato, Doutor, o senhor esqueceu o contrato que fizemos. Seu nome tá lá, Doutor. – James estava exultante, nocauteara o adversário, ele agora ficaria sem saída. O que diria agora? O que diria?

– O contrato simplesmente não está em meu nome. – Barnes foi incisivo, cruel até. Sabia como jogar o oponente na lona. Mesmo que fosse mentira, mesmo que o contrato estivesse no seu nome, James não tinha argumentos. Nunca lutara com alguém assim tão frio e calculista.

– Isso não vai ficar assim – falou Barnes calmamente, mas cada palavra era dita como se fosse uma punhalada, e James as sentia perfurando seu corpo. – Tome muito cuidado, seu moleque, pois isso não vai ficar assim. Eu avisei que não queria ser contrariado. – As palavras de Barnes eram ditas de uma forma tão calma, tão diferente do que James estava acostumado, que este sentiu um medo muito grande. Um medo diferente do que sentira até então. Na realidade, ficou apavorado.

– Agora, por favor, saia.

Mal fechou a porta, Barnes tomou o pequeno dispositivo USB e correu para a sala ao lado, para o computador. Tinha que verificar a veracidade daquela informação.

Lentamente, na tela do computador começou a aparecer a lista dos arquivos e ao clicar nela abria-se a tela emulada do DOS, com as linhas pululantes dos impulsos cerebrais que Barnes havia conseguido copiar. Estavam ali as linhas dançantes, contorcionistas, tendo ao fundo aquela sinfonia que embebedava os olhos e ouvidos de quem se aventurasse a tentar desvendar seus mistérios.

Maldito, desgraçado, não é que ele copiou mesmo? Como será que conseguiu? Nem imaginava, esse pessoal de informática consegue o impossível, pensou. Precisava fazer alguma coisa. E urgente. A situação estava se complicando e Barnes jamais poderia permitir que saísse de controle. Tudo o que planejara estava sendo executado em minúcias. Não poderia deixar um reles qualquer tomar conta da situação.

Tomou seu caderninho de anotações e acrescentou mais um item no *checklist*: cuidar do caso James.

Não longe dali, James caminhava pelo gramado, a passos rápidos. Precisava checar o contrato, pois não se lembrava se quem o firmara fora o Barnes ou não. Jamais atentaria para este detalhe, principalmente porque fora pago, e bem pago, para desenvolver uma pesquisa laboratorial. E o contrato era mera formalidade. Por que será que a gente nunca se preocupa em ver estas questões no contrato? Ou melhor, só se preocupa na hora que a coisa explode, mas aí já é tarde.

Abriu a gaveta. Havia separado numa pasta todo o material sobre o caso. Vai que precisasse. Aqui estava o contrato.

Meu Deus, pensou, *o contrato realmente não estava em nome de Barnes*. No local destinado ao contratante estava grafado o nome de alguém totalmente estranho: Alexandre Granenko.

Capítulo Oitavo

O parasita e o hospedeiro

– Não posso, não posso – sussurrava Lourdes, entre lágrimas.

Não sabia explicar, mas sua intuição dizia que havia perigo naquilo tudo.

– Calma – dizia Barnes. – Não se preocupe, vai dar tudo certo.

– Não vai não – ela chorava. – Tenho certeza que não vai. Você é um louco, um doido.

Barnes estava preocupado. Não seria Lourdes que estragaria seu objetivo. Era teimoso, persistente. Tinha entrado de cabeça neste projeto e iria até o fim. Como controlar esta situação?

– Calma, meu amor. Vamos fazer o seguinte, eu vou aí para conversarmos.

Desligou o telefone. Não era bom falar estas coisas assim. E se tivesse escuta? Já estava começando a aparecer muita gente desconfiada. Não podia dar chance para o azar.

Agora dera para aparecer crise de consciência na Lourdes, como pode? Desde que ele contara do projeto ela mudou completamente, ficou mais reticente, estranha, dependente dele até, pois queria falar com ele sempre, mas ao mesmo tempo parecia querer distância. Parecia ter ficado com nojo. *Amor e ódio, sempre os antagonismos da vida se encontram presentes nas mais diversas situações*, pensou.

O apartamento de Lourdes era no centro, um pouco longe da universidade. Morava sozinha, com suas "mandingas", como dizia Barnes. Gostava de tudo o que fosse relacionado à religião e rituais sagrados. Era holística. Viajara muito em busca de conhecimento. Conhecimento espiritual, como costumava dizer.

Visitara as sagradas cidades indianas de Varanasi e Dharamsala, tivera a coragem de banhar-se no rio Ganges durante os rituais de queima dos mortos; subira as escadarias do Palácio de Potala, sagrada morada do Dalai Lama, no Tibete; entoara o mantra da compaixão "*Om mani padme hum*" enquanto dedilhava o odyuzu, terço budista, ao redor da sagrada Stupa de Katmandu, no Nepal; trilhara os mais de 800 quilômetros do sagrado caminho de Santiago da Compostela; subira a bela montanha de Machu Picchu na busca pela cidade perdida dos Incas; contemplara as estrelas deitada na bela grama de Stonehenge; passara pelo ritual das pedras em Teotihuacan, no México; visitara o castelo de Avalon, em Glastonbury, e passara pelo rito da iniciação dos portais nas aldeias navajas do Arizona.

Era sempre serena e espiritual. Mas toda essa espiritualidade não conseguia tirar aquela angústia que contristava seu coração, aquela agonia surda que não sabia explicar de onde vinha. Quando Barnes contou a ela sobre suas experiências e o que pretendia, Lourdes ficara, no início, aterrorizada com a ideia, seria ele um

Frankenstein da vida? Depois começara a ficar estranhamente meditativa, porque a ideia não saía mais de sua cabeça.

Será que era justo apropriar-se do cérebro de alguém, inocular-se sorrateiramente como um vírus, como um hospedeiro?

– Você está matando uma pessoa – dizia-lhe chorando.

– Não meu amor, não estou matando ninguém. – Barnes tentava ser gentil.

– Alexandre já está condenado, irremediavelmente condenado. – Era verdade. As sequelas neurais de Alexandre jamais lhe permitiriam voltar a ter uma vida normal, pelo menos era esse o diagnóstico que nossa medicina vislumbrava por ora. Vivia em estado vegetativo há mais de seis meses. E jamais voltaria, estava condenado àquele estado para sempre.

– Mas é um ser humano – dizia ela. – Um ser que vai morrer. – Lourdes convivia diuturnamente com a morte e acreditava que esta era apenas uma passagem para algo superior. Por isso era totalmente contra qualquer forma de se abreviar a vida. Isso atentava contra a ordem natural do cosmo e atentava, principalmente, aos seus princípios.

– Ao contrário, ele vai viver – dizia Barnes. Ele tivera o cuidado de escolher alguém que não tinha sequelas da base estruturada, os danos no cérebro de Alexandre não ocorreram com perda de material do córtex, da massa cinzenta. Era uma irreversível pane no sistema neuromotor. Era como se houvesse tido um problema no software do cérebro, deixando o hardware intacto.

– Todas as suas funções vitais estão preservadas, ele precisa de um cérebro e esse cérebro serei eu – explicava.

– Mas você já está vivo, já está vivo, você já tem seu cérebro. – Lourdes se derramava em lágrimas.

– Sim, mas estou condenado. – Barnes escondia os sintomas, as dores, e aos poucos foi perdendo o interesse em se tratar, em se medicar. Sua doença o estava consumindo. Tinha colocado todas as fichas neste seu projeto. Era uma nova vida que teria, não ia mais se preocupar com essa velha carcaça. Seu corpo estava sendo consumido aos poucos por um tumor voraz, ele já sabia que praticamente não havia mais esperança, pois a metástase estava lhe devorando as entranhas de forma lenta e gradual, como a maré que vai tomando posição na areia e você nem percebe. E eis que, de repente, estava surgindo a oportunidade dele se "transferir" para outro corpo, passar a habitar um novo esqueleto, voltar a ser atlético, ter novamente o viço da juventude. Era tudo o que ele queria, o que mais desejava nesse momento.

– E depois, o que será de nós dois? – A ternura da pergunta de Lourdes surpreendeu o calculista Barnes.

Ela havia parado de chorar. Suas lágrimas já haviam se esvaído, já não havia mais lágrimas a verter, pois chorara muito nos últimos dias, um choro triste, angustiante. Era muito intuitiva e sentia que havia algo de estranho nessa tristeza. Angústia, segundo Heidegger, era a disposição afetiva pelo qual se revela ao homem o nada absoluto sobre o qual se configura a existência. Lourdes sentia isso, o nada absoluto, e percebia que sua existência se assentava sobre esse nada. E esse nada, esse vazio, era dolorido ao extremo.

Barnes ainda não estudara qual o papel que reservaria a Lourdes nesta sua nova vida. Estava com quase tudo mapeado, quase tudo delineado. As providências necessárias estavam sendo tomadas uma a uma, meticulosamente. Transformaria-se em outra pessoa, deixaria de existir como Barnes para se tornar Alexandre e essas coisas precisam ser analisadas pelo crivo da reengenharia, da logística, para que as implicações desta drástica mudança se amoldassem a uma nova situação que agora estava planejando.

E até agora não analisara o papel dos outros em sua nova vida. Salvo James, cujas providências já estavam em andamento, não se preocupara com o intrincado xadrez em que se convertera a colocação de cada peça chamada pessoa neste imenso tabuleiro chamado vida.

E Lourdes, o que fazer com Lourdes? Pergunta difícil, de resposta complicada. Iria pensar, e teria que ser uma solução que não colocasse seu projeto em perigo.

Ela o amava e o queria para si. Era evidente que a resistência dela se dava quase que só por isso, pois havia o pressentimento de que poderia perder o seu pedaço de mau caminho. O que Lourdes amava nele não era apenas seu corpo físico, mas toda a sua essência, tudo aquilo que se encarnava e se constituía em Barnes. Englobava desde o seu sorriso até a forma como gostava de andar descalço. Desde as suas carícias até o som do bom-dia ao acordar. Seu corpo era também o espiritual e Lourdes amava tudo isso.

Agora ela era assaltada por dúvidas terríveis e era nisso que se constituía sua angústia.

Como seria esta outra pessoa que passaria a existir? Seria Barnes ou seria Alexandre? Ainda manteria o sorriso para ela? Ainda cochicharia em seu ouvido com aquela voz tão sedutora? E quando estivessem na cama, como seria? Sentiria mais prazer por pensar que estaria com um estranho? Ele se lembraria das carícias favoritas dela?

– Nós vamos ficar juntos? Vamos continuar unidos? – A pergunta de Lourdes era triste, lacônica, fitava o vazio. Pergunta que não cala, que não tem resposta, sabia disso.

E se desse errado? E se Barnes morresse? Era complicado, teria que abrir a cabeça de um, implantar os microeletrodos, conectar fios, abrir a cabeça do outro, conectar a outra ponta, e daí? Teria que ligar a chave de força, igual filme de Frankenstein? Será que precisaria ter raios e trovões? E depois Barnes, ou Alexandre, se levantaria e sairia andando trôpego pelas ruas, à cata de vítimas para saciar seus instintos? E qual seria doravante o elo criador-criatura? E como Barnes obteria a centelha de vida, o sopro divino, a essência, que faria Alexandre reviver, ser um homem?

Perguntas, indagações, interrogações. Não são as respostas que movem o universo, mas as perguntas, diz o pressuposto aristotélico. A busca do saber transcende o limiar humano, evoca nosso passado, se perpetua nas nossas gerações. Na realidade, não são as perguntas que movem o mundo, mas o mundo que move as perguntas. Ou se move pelas perguntas. Desde que o homem comeu o malfadado fruto do conhecimento naquele paradisíaco jardim do Éden, viu-se condenado a perguntar sempre, a buscar o saber, a catar o conhecimento, a correr atrás desse elo, sempre perguntando, sempre inquirindo, sempre experimentando, como se tivesse perdido algo, igual cachorro, sempre cheirando o outro para reconhecer algo seu nele.

E cada nova resposta nos faz voltar para nova observação do mundo, o que faz surgir nova pergunta. E para cada resposta que conseguimos, novas e novas perguntas surgem, numa espiral de busca. Essa voraz investigação, essa insaciável pesquisa remonta ao nosso anseio ancestral, à nossa busca fundamental, à nossa procura por resposta às duas maiores questões da humanidade: de onde viemos? Para onde vamos?

– Eu faço um acordo contigo, meu anjo. – Barnes mantinha efetivamente o controle da situação. – Eu vou precisar de alguém para seguir com as pesquisas. Isso não vai parar por aqui.

Um pequeno obstáculo começava a se delinear na cabeça de Barnes, havia um problema. Alexandre não era médico. Não teria como entrar no hospital. Não teria qualquer acesso a pacientes ou instrumentos. E era provável que Barnes precisasse de alguém para algum ajuste, alguma correção, muitas coisas fogem ao nosso controle. Lourdes poderia ser este elo, embora isso fosse perigoso ao extremo.

– Eu juro que vamos ficar juntos. – Barnes falava, embora não houvesse muita convicção na sua voz. – Eu preciso de você, Lourdes, eu preciso de você. Vamos ficar juntos para sempre – murmurava enquanto a abraçava.

– Me ajude. – A voz dele agora estava embargada, era uma súplica que Lourdes não podia recusar.

Como ele lhe pedia ajuda se era ela que precisava ser ajudada? Estava estranhamente vulnerável e Barnes sabia conseguir seu intento. Deixou-se ficar assim, abraçada por ele, por seus braços protetores, pelo calor envolvente do contato de seu corpo, quase desfalecida em seu colo. A presença daquele homem exercia um poder quase hipnótico sobre ela, e jamais poderia lhe dizer não.

Enquanto abraçava Lourdes, Barnes começou a ser assaltado por um estranho pensamento. Um macabro pensamento. Seu projeto não poderia parar e qualquer meio justificaria o fim pretendido. Não é isso que se diz, que os fins justificam os meios? O que é certo e o que é errado oscilam na proporção do que pretendemos, de onde queremos chegar.

Neste mundo não existe prêmio ou punição, existem apenas consequências, já nos ensinavam nossos avós. Na ordem natural do universo, tudo o que somos hoje, o que sentimos hoje, o que fazemos hoje, nada mais é do que consequência do que fomos ontem, do que sentimos ontem, do que fizemos ontem. E nesse inexorável círculo de ações e reações, somos a resultante das consequências coletivas, o fruto da mescla do todo, que nos faz tão únicos, tão singulares, ao mesmo tempo em que somos partes indissociáveis do todo.

Barnes já não tinha sentimento de culpa, suas pesquisas foram lentamente se apropriando de sua razão, de sua civilidade, e tudo passou a ser permitido em nome da ciência, da sua ciência, que afinal se particularizou na sua busca insana. Trabalhava pela vida, mesmo que fosse pela sua vida, e isso lhe bastava. Mesmo que isso implicasse a supressão de outra vida, ou até de outras vidas. Para que alguém viva, alguém morre.

" Eu vim para que tenhais vida" – dissera Cristo. E morreu por isso.

Assim caminha nossa humanidade. No seu lento caminhar, vai formando vidas, mas necessariamente vai também extinguindo vidas. No imenso campo do universo, a vida vai à frente semeando vidas, enquanto a morte vem na sua retaguarda, como um controle de qualidade, separando o joio do trigo, decidindo a esmo a sorte dos mortais. E nesse caminhar, cada passo à frente significa desapegar-se do passo anterior, deixá-lo para trás. Esse passo antigo precisa morrer para que o próximo passo viva.

Realmente, Barnes já não tinha mais sentimento de culpa. Já não se importava mais com aquelas vidas. Seu projeto, agora já bem consistente, não podia deixar testemunhas, e esta decisão não comportava sentimentos. Desenvolvera a filosofia do parasita e parasita não pode se preocupar com a sorte do hospedeiro. Pobre Lourdes.

Capítulo Nono

Um novo Frankenstein?

– Começa por aqui – falou Barnes, como se estivesse falando para si mesmo.

Barnes resolvera implantar a matriz de eletrodos em Alexandre alguns dias antes de fazerem a cirurgia definitiva, a transferência dos arquivos cerebrais de um para o outro.

– Com isso teremos mais controle sobre o procedimento – falava muito baixinho, como se estivesse murmurando.

Estava por demais absorto em seu trabalho e Lourdes apenas o observava, enquanto ele lhe mostrava como conectar a matriz dos minúsculos eletrodos na pequena cavidade cerebral. Alexandre jazia inconsciente na mesa cirúrgica, com uma pequena perfuração na parte traseira da cabeça, agora totalmente raspada, justamente na parte de trás do cérebro, um pouco acima da nuca e Barnes estava conectando os eletrodos por ali, mostrando para Lourdes como deveria ser o procedimento, pois os fios que seriam ligados nesta matriz também precisariam ser conectados na sua própria cabeça alguns dias depois, antes passando pelo notebook para ser feita a depuração de ruídos desnecessários.

– Assim que terminarmos esta eletrocorticografia, precisamos fazer o teste de Wada – falou Barnes, enquanto manuseava com extrema perícia a pinça que inseria a matriz de eletrodos na rede neural de Alexandre, sobre a região subdural. A tela de vídeo mostrava a precisão com que estes minúsculos eletrodos eram conectados, enquanto o aparelho de eletrocardiograma desenhava linhas verdes que subiam e desciam, registrando os altos e baixos da atividade cerebral, como se a vida dependesse e se debatesse assim, para cima e para baixo, num movimento pendular infinito.

O teste de Wada a que se referia Barnes nada mais era do que injetar amital sódico, um anestésico rápido, nas veias carotídeas do paciente para relaxar suas funções cerebrais, principalmente as funções de memória e linguagem, que se situam nos dois hemisférios cerebrais. Muito usado nos tratamentos de epilepsia, serve para manter a atividade cerebral relaxada e conseguir mapear com mais precisão as áreas de memória e linguagem.

– É a forma que encontrei para deixar os impulsos elétricos do cérebro mais "soltos", ficando mais fácil serem "copiados" – explicava Barnes, pacientemente.

Como Alexandre não estava em coma profundo, sua atividade cerebral era oscilante, motivo pelo qual Barnes inferiu que precisava manter estável a frequência desta atividade, de modo que os arquivos de seu próprio cérebro pudessem ser transferidos e substituíssem os correspondentes na rede neural de Alexandre. E isso precisava ocorrer dentro de um mesmo padrão de frequência.

Lourdes continuava absorta e estranhamente triste. Sentia-se preparando um funeral e mal sabia distinguir se era o seu próprio ou o do seu companheiro. Nunca tivera esta experiência de preparar um morto e isso a enchia de uma indizível angústia. Sempre convivera com a morte, é bem verdade, e não foram raras as vezes em que o paciente sucumbira em suas mãos, mas sempre que isso ocorria, chorava após a cirurgia, sentindo-se impotente e minúscula perante o vasto poderio da morte. Mas após seu choro, um estranho reconforto inundava seu coração e sentia que isto fazia parte da vida, e morrer era nada mais do que nascer novamente, como estava prescrito em todas as crenças.

Mas agora era diferente. Estava contribuindo para matar um pobre coitado, se arvorando no direito de tirar uma parte da vida dele e trocar pela vida de outra pessoa. Na realidade, estava assassinando aquele paciente.

Chamou-lhe a atenção os reduzidos eletrodos, que mal se distinguiam dentre os muitos que compunham a matriz. Na realidade, cada um deles nada mais era do que um minúsculo fio de aço rígido, todo revestido de plástico especial, apenas a ponta ficava exposta e era esta parte que fazia a conexão entre o cérebro e o computador, ligada por meio dos fios. A matriz que Barnes criara era um aglutinado destes microeletrodos e cada ponta deles, que funcionavam como se fossem um sensor, era enfiada no tecido cerebral, de sorte que cada um criava uma trilha pelo tecido extracelular, permitindo que se registrasse a atividade elétrica dos neurônios que se situavam próximos dessa ponta exposta.

Cada eletrodo estava fixado na matriz, esta era inserida no cérebro como se fosse uma minúscula tampa no buraco aberto no osso craniano, deixando aparente apenas os minúsculos fios de fibra ótica que faziam a ligação do cérebro com o exterior.

Estavam ambos compenetrados, a penumbra da noite lá fora parecia ter entrado naquela sala cirúrgica e espalhado um soturno ar de terror. A noite estava pesada, carregada, uma tempestade se aproximava. Alguns relâmpagos cintilavam seus raios ao longe e Barnes não pôde deixar de comparar-se ao desventurado Frankenstein, médico criador do monstro que lhe atormentou a vida.

Não estaria ele também criando seu próprio monstro, para depois fugir atormentado pela culpa e pelo medo? *Meu Deus, o que estou fazendo*? Pensava com seus botões, enquanto inseria a pequena matriz recheada de microeletrodos na minúscula cavidade exposta da cabeça de Alexandre. Tentou desviar seus pensamentos, pois não podia se dar ao luxo de ter crise de consciência. Não agora. Seu projeto estava prestes a ser finalizado e não era agora que iria fraquejar.

Ajustou um pouco a luz que jorrava do foco cirúrgico para melhor enxergar a cavidade na qual trabalhava, colocando a minúscula matriz com muito cuidado, encaixando-a perfeitamente no orifício. Só faltava parafusar. Com isso, a matriz introduzida no cérebro conseguia colher a atividade de milhares de neurônios ao mesmo tempo, registrando todas as nuances dos potenciais de ação sinápticos, e a conexão por meio da fibra ótica permitia que a coleta das informações se processasse em microssegundos, possibilitando assim a armazenagem em um meio físico externo, para se fazer a remessa, com retardo também de microssegundos, para o cérebro alvo.

Barnes agora estava conectando um fio à dura-máter, a membrana mais externa das meninges, fio este que funcionaria como fio terra, para que pudesse ter um ponto de referência para os sinais neurais capturados pelo microeletrodo.

– Podes ajustar o amplificador? – perguntou Barnes. Como os impulsos elétricos gerados pelo cérebro são muito pequenos, esses sinais, para serem trabalhados, precisam ser amplificados consideravelmente. E ao serem amplificados, propiciam o som de acordes cerebrais, uma linda sinfonia, e talvez seja em razão disso que tanto Barnes quanto James se apaixonaram pelos arquivos extraídos do cérebro, por isso que ficaram tão maravilhados, porque aquela música era uma criação divina.

Lourdes ajustou o amplificador e quando a sinfonia dos neurônios de Alexandre inundou a sala, quando sua atividade cerebral se transformou em melodia, passou do estado de absorta para o de embevecida. Era estranho o poder que aquela música exercia sobre as pessoas.

Ficou parada ao som da música, a contemplar aquele ser pelo qual se apaixonara tão intensamente. Já não tinha mais noção do que aquilo tudo representava, diferentemente dos primeiros dias após Barnes ter lhe contado, quando ficou estarrecida; agora aquilo já não mais importava, parecia anestesiada e só tinha vontade de ficar fitando Barnes, e quanto mais tempo pudesse ficar com ele, mais se sentia leve, pois daqui a alguns dias ele partiria.

Barnes monitorava o aparelho de anestesia, o qual sinalizava as funções vitais de Alexandre. Embora não estivessem administrando fluxo de gases, pois se tratava de uma intervenção localizada e de pequena amplitude, tivera o cuidado de seguir o procedimento cirúrgico à risca, para uma rápida intervenção, caso fosse preciso. Mas Alexandre estava em coma e suas funções vitais, estáveis, respondendo satisfatoriamente aos estímulos.

Ao seu lado, Lourdes analisava a forma com que Barnes trabalhava, o profissionalismo e o cuidado que tinha com o paciente e era justamente isso que tanto lhe atraía. Já não mais sabia dizer se o que ele estava fazendo era correto ou não, se tudo aquilo que estavam fazendo nos últimos dias infringia a ética ou não, nada mais importava agora, não sabia explicar, mas sua vontade era de apenas ficar contemplando seu homem, como se contemplasse a vida, como uma pessoa que, numa tarde ensolarada de primavera, senta-se à beira do lago e queda-se silenciosamente a contemplar a beleza da paisagem.

Esses pensamentos bucólicos assomavam constantemente à sua cabeça nos últimos dias, os médicos diriam que era depressão enquanto os poetas diriam que eram lágrimas de seu coração constrito pelo prenúncio da separação do amado. A voz de Barnes tirou-lhe a placidez dos pensamentos:

– Estamos colocando a matriz no córtex entorrinal porque os estudos indicam que a memória se situa aqui – dizia Barnes, compenetrado na sua atividade. Não falava especificamente para Lourdes, falava para uma plateia imaginária, pois quem já fora professor nunca perderá o hábito de ensinar.

Barnes sabia que o córtex entorrinal era a área chave do cérebro, segundo os últimos estudos, era a parte responsável pelo armazenamento das informações, estava situado logo acima do hipocampo e funcionava como uma porta de acesso à unidade central da memória.

– É lá que vamos buscar nossas informações – dizia em voz baixa. Era lá que ele vasculhava, à procura de tudo aquilo que um ser humano representa, aquilo que o mantém com vida, seus sonhos, seus devaneios, suas aspirações, suas emoções, seus amores e seus ódios, tudo ficava lá armazenado.

Será que conseguiria apagar todas estas reminiscências da cabeça de Alexandre para implantar as suas? Será que todas as suas emoções, todos os seus sonhos vividos, todos os segredos escondidos, aquilo que jamais ele teria coragem de contar a alguém, será que tudo isso poderia ser tirado do seu cérebro e repassado a Alexandre, substituindo todos os arquivos dele?

A craniotomia que estavam fazendo em Alexandre estava quase terminando, alguns dias depois ele já poderia receber os dados do cérebro de Barnes. Sua cabeça alva agora tinha apenas uma pequena marca na parte de trás, com minúsculas pontas aparecendo, ali seriam conectados os fios que mudariam completamente a vida dele. Aquelas minúsculas pontas seriam a porta de entrada do cérebro de Alexandre, seriam o elo entre duas pessoas, uma conexão com o divino, fator que fundiria o criador com sua criatura.

Logo Alexandre estaria recuperado da cirurgia e teria todos os eletrodos aptos a emitir e receber sinais sinápticos, o que permitiria a Barnes conseguir seu intento de imiscuir-se naquele corpo, apossar-se daquele ser e ele tornar-se o outro, o que lhe daria a oportunidade tão sonhada de eternizar-se, de existir por intermédio de outro ser.

Logo seremos apenas cérebros depositados em vasos de vidro cheios de solução salina, como azeitonas em conserva, à espera de um corpo que nos torne móveis, que permita que sejamos eternos. O velho e louco sonho de ser eterno, de jamais morrer, sonho perseguido pela humanidade desde que conseguiu ter consciência de sua existência.

Lembrou-se de Fausto e seu pacto com o demônio para tornar-se eterno, pacto assinado com o próprio sangue. Olhou para as luvas de borracha que revestiam suas mãos, antes alvas, agora com manchas de sangue, vislumbrando se este sangue não estaria servindo para assinar seu pacto também.

O que o esperaria depois? Será que o satânico Mefistófeles não viria cobrar a dívida que agora assinava com aquele sangue, tomando sua vida e atirando-o na danação eterna?

Quem sabe Barnes não estaria inaugurando uma nova era para a humanidade. Quem sabe não seria ele o precursor na lenta jornada do ser humano rumo ao eterno. Talvez no futuro fosse venerado como o primeiro homem a não morrer, a ser eterno.

Talvez no futuro fosse adorado como um deus. Talvez.

Descartou as luvas e foi até a janela, onde agora o vento assobiava. Olhou a noite escura e recortada de relâmpagos, uma imagem tenebrosa e bem propícia ao clima do que estavam fazendo. Ao fundo, os prédios da cidade erguiam seus contornos nas sombras da noite escura. Algumas luzes acesas, outras apagadas, mas todas repletas de vidas, de sonhos, de paixões, todas trilhando a lenta e inexorável linha da vida, linha do tempo, pois a vida e o tempo se fundem em uma única coisa. Todos nasceram um dia e todos estavam caminhando em direção à morte, só ele, Barnes, é que estava tentando mudar esse paradigma, não aceitava a morte, lutava contra esse estigma, queria ser eterno.

Será que estava certo? Será que não deveria abandonar este projeto agora, enquanto ainda dava tempo? Será que não deveria resignar-se com sua sorte, como todos os demais mortais e aceitar que a eternidade não é algo possível ao ser humano?

As mãos de Lourdes o abraçaram, encostando seu corpo no dele por detrás. Não via seus olhos, apenas sentia seu respirar ofegante. Sentia a súplica em seus olhos, sentia o quanto ele era desejado naquele momento, não um desejo mundano, desejo da carne, mas aquele desejo terno, aquela melancolia que aos pouquinhos nos invade a alma, sentimento indefinível, mistura de amor e tristeza. Deixaram-se ficar assim contemplativos, fundidos em uma só alma, como se estivessem se despedindo um do outro, se despedindo da vida do outro e essa despedida era dolorida.

Um raio rasgou a noite, inundando tudo ao redor com aquela luz tenebrosa. O estrondo do trovão sacudiu seus corpos.

Será que não estaria na hora de erguer Alexandre para o telhado, igual Frankenstein, para receber a energia necessária à nova vida que se avizinhava?

Capítulo Décimo

A vida é um jogo de xadrez

– James não vem para cá? – perguntou Bruno, acendendo o cigarro.

– Não, vai chegar tarde hoje, foi numa festa da família dele – falou Tatiana, levantando-se para ir ao chuveiro.

– Festa?

– É, parece que a mãe está fazendo aniversário e resolveram juntar a família.

– Então a gente podia sair para jantar – falou num tom de voz que tentava ser mais alto que o barulho do chuveiro. Estava tomando mais um uísque, o uísque que dera para Tatiana guardar ali "para quando eu vier".

Bruno gostava das boas coisas da vida. Médico precoce, conseguira se destacar na área de cardiologia, tendo sua tese de mestrado ganhado mundo ao dissertar sobre as causas que originavam o prolapso mitral. Exímio cirurgião, formado há pouco mais de dez anos, fora alçado à condição de chefe do Departamento Médico da Universidade há cerca de um ano.

Isso dentre todo o corpo clínico do Hospital Universitário, que não era pequeno. Apesar da pouca idade para a responsabilidade do cargo, era respeitado por seus pares. Tinha um único vício: mulheres. E Tatiana sabia explorar esse vício como ninguém.

– Ele deve estar contente com a promoção, hein? – Bruno fitava os pequenos círculos de fumaça que se espiralavam de seu cigarro.

– Nem fale. – Tatiana agora se enxugava. – Agora ele só existe para esse Departamento. – Era verdade. James fora promovido ao cargo de chefe adjunto do Departamento de Exatas e andava extremamente empolgado. Era muito jovem, mas muito responsável com suas novas atribuições.

– Contente com o cargo e com uns arquivos de um tal Doutor Barnes, não sei se você conhece...

Opa, aí tem coisa que não sei, pensou Bruno. E quando havia algo que Bruno não sabia, sua curiosidade se excitava. Assim como Tatiana, tinha um senso de oportunidade aguçado, vislumbrava as chances em pequenas coisas, pequenos detalhes, que, por coincidência, já lhe renderam inúmeros frutos, inclusive a chefia do Departamento. Mas não podia deixar Tatiana perceber que não sabia de nada.

– É das pesquisas do Barnes, ele me falou alguma coisa – Mentiu Bruno, apagando o cigarro. – Mas o que James tem a ver com isso?

– Não sei, mas só fala deles. – Tatiana deu uma pausa. *Business, business. Na vida tudo são negócios.* E Bruno era um ótimo negócio, sempre rendia algo. Não sabia explicar, mas sentia atração por ele, gostava dele, percebia nele os traços dela, aquela rapidez de raciocínio, aquele tino para negócios, aquele jogo de interesses que se projetava em tudo que fazia. Com ele sentia estar sempre jogando xadrez, sempre teria que analisar com cuidado qual pedra mover. E ela sempre gostava de ganhar, de vencer, de ser recompensada por suas jogadas.

Não diria que não gostava de James. Gostava sim e pensava até em assumir algo mais sério com ele. Aliás, parece que tudo ia se encaminhando para isso. Mas James era ingênuo, não via maldade nas coisas, não tinha nenhuma malandragem. Na realidade, Tatiana respeitava mesmo era o Bruno. Era um cara bem articulado, de uma malandragem refinada, não tinha escrúpulos, mas vendia uma imagem de seriedade e bom mocismo.

Não deixava de ser um bom partido também, pensava meio sorrindo.

– Ele diz que são arquivos diferentes. Se você quiser eu posso conseguir uma cópia. – Tatiana aproximou-se e olhou nos olhos de Bruno, riu e jogou a isca. James lhe pedira para guardar os arquivos. Estavam ali com ela, mas isso Bruno não sabia. Ela fizera sua jogada, movera sua pedra. Agora era a vez de ele jogar e ela sentia que ele estava pensando. A resposta poderia encerrar o jogo definitivamente ou poderia derivar para novos lances.

– Não sei se vale a pena – falou Bruno. Pescava para saber o que ela sabia. – Se fosse importante, o Barnes não deixaria eles soltos por aí. – Bruno deu aquela risadinha característica de quem fizera uma boa jogada, dera um ótimo lance, colocara o adversário na defensiva.

– Deve ser interessante, porque o James está morrendo de medo de Barnes! – Tatiana sabia dourar a pílula, percebendo o quanto essa informação se refletira nos olhos de Bruno, como aguçara sua curiosidade. Bruno até tentou disfarçar, mas Tatiana sabia colher a informação que queria daqueles olhos. *A vindima ia começar*, pensou.

– Ok, me conte a história. – Ia emendar "sua cadela", mas se conteve. Sabia que ficariam nesse joguinho por muito tempo e hoje não estava com muita vontade de jogar. *Vamos ver o que essa piranha quer*, pensou.

– O que eu ganho com isso? – Tatiana já havia perdido a vergonha com Bruno, já não se intimidava em se desnudar para ele, tanto no corpo quanto na alma. Eram iguais e cada um sabia como era o comportamento rival, buscando sempre sair ganhando, mas não deixando de se respeitarem como oponentes.

– O que você está querendo? – Bruno sabia que ela não queria só dinheiro. Tatiana era esperta, sabia negociar, sabia deixar as portas abertas.

"Numa negociação você nunca pode fechar portas", aprendera com o professor Áureo. Sempre tem de deixar alternativas ao outro. Sempre tem que deixar uma rota de fuga para o oponente. A todo momento as oportunidades passam ao nosso lado e oportunista é quem as enxerga.

"O cavalo sempre passa encilhado", dizia sua avó, de quem herdara os olhos, isso antes de ela ir para o hospital, coitada, porque agora seus olhos apenas fitavam o vazio e sua boca só proferia sons ininteligíveis.

– Você não está precisando de uma secretária? – Tatiana queria subir de cargo, e agora aparecia uma oportunidade de ouro. *Business*, pensava, enquanto se pendurava em Bruno, que agora se levantara. Ele era bonito, charmoso, já tinha passado aquela fase de garotão e tinha "um jeito malandro de ser". Tinha pegada e ela adorava isso.

Mas essa ideia de secretária era tudo o que Bruno não queria. *Tatiana era muito rápida, uma piranha muito voraz*, pensava. Seria uma calamidade tê-la por perto. Imagine, seria muito perigoso, além de fazer o relacionamento deles, clandestino até agora, perder a graça rapidamente. Além disso, tinha as outras "meninas". Secretárias principalmente, até porque Bruno não era muito seletivo e muitas ansiavam por uma nota melhor na prova, um pequeno afago financeiro, uma lembrancinha reluzente para pendurar no pescoço, ou até mesmo um cargo, uma promoção. Bruno era influente e elas sabiam disso, estava aí a razão de ficarem lhe rodeando feito moscas. Era zeloso em seu trabalho, extremamente diligente, mas sabia como ninguém tirar partido da situação.

Mas não poderia dizer não. Bem que ela merecia um sonoro não, mas ele não ia dizer, pelo menos assim de cara. Ambos estavam jogando e ambos conheciam as regras do jogo.

– Talvez no Direito, parece que tem uma vaga. *Era uma possibilidade*, pensou Tatiana. E se houvesse, Bruno conseguiria, sabia disso. Se ele prometia, ia no mínimo verificar. Eram safados, os dois, mas era uma safadeza honesta. Toda coletividade possui seus códigos de ética, seus códigos de conduta, inclusive os bandidos. *Era o tal do* Contrato Social *do escritor Jean Jacques Rosseau*, lembrava Tatiana, relembrando suas aulas de sociologia com aquela vaca de professora que lhe dava nota baixa, diferente dos professores homens, que sempre tinham alguma razão para melhorar suas notas.

Contou o que sabia, o que vira e o que James lhe contara. Falou das supostas cópias de cérebros de pacientes, falou que Barnes havia discutido com James, do contrato que fizeram, que James estava com medo de Barnes. E, lógico, omitiu que tinha uma cópia dos arquivos. Aquilo era moeda de troca e antes do pagamento não se entrega toda a mercadoria.

– Mas ficou de trazer a cópia, ele acha que aqui comigo é mais seguro.

Então é isso, pensava Bruno. *Por essa razão Barnes andava sumido. Até Lourdes havia lhe comentado que ele andava estranho. Pudera, com uma pesquisa dessas. Imagine a repercussão disso, os prêmios, as distinções.*

E os convites para outros projetos? E as verbas que a Universidade conseguiria. Isso era coisa para virar um futuro reitor da Universidade. E ele estava sendo deixado de lado. As coisas aconteciam debaixo de suas barbas e ele sem saber de nada? Assinava os empenhos de pagamento para as pesquisas, conseguia a grana e ia ficar chupando o dedo?

Falaria com Barnes. Teria uma boa conversa com ele. Não, por enquanto não. Isso requeria maiores investigações. Primeiro precisava ter mais elementos para conversar. No tabuleiro de xadrez, tinha agora um novo oponente, que se chamava Barnes.

Mas o jogo estava apenas começando e Bruno não sabia ainda como seu adversário jogava. Precisava primeiro mover as pedras menores para ver o que ele faria.

O que ele realmente pretendia? Por que não divulgava as pesquisas? O que ele conseguiu até agora?

Geralmente as pesquisas são compartilhadas entre os pares, para que os avanços individuais sejam somados. "A inteligência de um grupo geralmente é maior do que a soma da capacidade de vários indivíduos", descobrira o pesquisador americano Thomas Malone, do MIT, o famoso Instituto Tecnológico de Massachusetts, e Bruno gostava de aplicar esses conceitos de gestão no seu Departamento. Os resultados dessa cooperação estavam aparecendo e ele passara a ser louvado por tais sucessos. Fama e poder era o que buscava e não era um de seus subordinados que iria ficar escondendo o jogo, deixando-o fora do tabuleiro.

Barnes era demasiado inteligente para agir desta forma sem alguma razão plausível. Bruno precisava descobrir o que havia por trás disso. Estava perdendo terreno, estavam agindo sem ele saber. Nesse grande jogo da vida, nessa imensa competição pela sobrevivência, não gostava de ficar só assistindo, não nascera para ser mero expectador. Precisava se apropriar de um naco desse banquete, e ao que tudo indicava, o banquete ia ser muito farto.

Percebia que Tatiana tinha os arquivos. Era óbvio demais. Ela não saberia tudo aquilo sem que James não tivesse lhe repassado os arquivos.

– Muito bem, cadê os arquivos? – disse Bruno

– Não estão comigo, já disse – falou uma Tatiana sem muita convicção.

– Estão, sim – falou Bruno, enfático. – Queres uma vaga melhor? – Tatiana não tinha muita alternativa. Tatiana jogava bem, mas Bruno jogava melhor. Iria ganhar o jogo. Por isso Tatiana o admirava tanto e não conseguia resistir.

– Não estão comigo. – Tentou resistir, mas já era tarde.

– Se James está com tanto medo de Barnes é porque já te passou os arquivos – falou Bruno enquanto lhe estendia a mão, pedindo o dispositivo. Tatiana foi buscá-lo, já não tinha mais saída e uma vaga melhor era uma grande tentação.

Deu um beijo em sua boca e sussurrou:

– Abre a mão. – Depositou nas mãos dele o pen drive. *Foi muito fácil*, pensou Bruno.

– Você jura que não conta para ninguém? – balbuciou Tatiana, agora meio fingindo um constrangimento que já não existia.

– Fica tranquila, você me conhece – falou Bruno, com ar de satisfação ao colocar no bolso o pequeno dispositivo.

Despediram-se, um Bruno absorto em seus pensamentos, tentando decifrar antecipadamente o que poderia ter dentro daquele pequeno aparelho e uma Tatiana arrependida de ter entregado um tesouro sem muita resistência e com uma incerta recompensa.

E pior, nem tinha feito uma cópia. Como fora tola, pensava.

Capítulo Décimo Primeiro

A vida é bela... Mas é curta

Amanhã, amanhã falarei com ele, pensou.

Imaginava conversar com Doutor Bruno, chefe do Departamento Médico da Universidade. Aqueles arquivos eram diferentes de tudo que já vira, aquela música era mais divina do que qualquer mortal pode sonhar. Agora, mais do que nunca, acreditava que se tratava de cópia de algum cérebro, de algum modo Barnes conseguira captar os impulsos elétricos emitidos pelo cérebro e os transformara em arquivos de dados. Arquivos que dava para copiar, para transferir e, talvez, até para editar e alterar seu conteúdo. Esta ideia o excitava demais. Precisava testar essa hipótese, por isso precisava da ajuda de alguém da área médica.

Estava contente. A festa tinha sido bonita, estendera-se para o jantar e o vinho fora ótimo. Sua vida, de uns tempos para cá, tinha mudado muito, dera uma guinada, e isso o deixava feliz. Não só melhorara financeiramente, mas, sobretudo, em termos de prestígio e responsabilidade. Considerava-se muito novo para tamanha responsabilidade perante o Departamento, mas fora escolhido por seus méritos, e isso o envaidecia. Pelo andar da carruagem, logo chegaria a chefe de Departamento, embora a isso ele não ambicionasse tanto, pois acreditava que a vida sempre contempla os que merecem.

"Nada acontece por acaso", repetia o velho jargão. Era um contrassenso pensar assim, pois sua formação em engenharia tendia a torná-lo cético em relação a estas coisas, mas apesar da aridez de sua formação, nunca abandonara estes ensinamentos, inculcados por sua mãe quando de sua infância humilde.

"O universo conspira para sermos felizes", dizia ela, e ele contemplava as minúsculas estrelas na noite escura, tentando decifrar seu conteúdo, seus mundos, seus cosmos. Sempre fora apaixonado pelo universo e sequer sabia por que enveredara pelo caminho das Ciências Exatas. Se dava bem com números e adorava trabalhar com computação, mas seu coração adorava tudo o que fosse relacionado à existência humana, a sentimentos, a paixões e emoções. *Influência da mãe*, pensava, ela o fazia sonhar, divagar, questionar. "O mundo é nosso", repetia ela, basta estendermos a mão para apanhá-lo, para saboreá-lo.

"Imagine isso aqui como a criação de um novo universo", ensinava ela, acendendo um pequeno palito de fósforo. "Quem sabe esta chama não seja um grande big bang, com a criação de imensos sóis, de luas e estrelas, de supernovas e galáxias? Quem sabe não haverá planetas, novas terras e descobertas? E vidas, com seus anseios, suas paixões, seus amores. Vidas que talvez durem eternos milésimos de segundos". Ela gostava de ler as obras do escritor místico Lobsang Rampa e divagava sobre as grandes interrogações da vida.

E agora James relembrava o que conversava com sua mãe, suas histórias e divagações, seus ensinamentos e conselhos. O efeito do vinho fazia uma doce transição de pensamentos, como as ondas que iam e vinham sempre ao mesmo lugar. Aí estava a ligação com a relatividade, pois o tempo era consequência do ponto de vista do observador. Podemos ser gigantes ou anões, tudo vai depender da nossa observação, vai depender da relação de quem mede.

E será que estamos aqui? Ou o aqui é apenas uma projeção de nossa mente. Talvez o feto não imagine que haja vida aqui fora, pois a vida para ele se resume tão somente à ligação com o cordão umbilical. Talvez por isso tenhamos tanta dúvida se existe vida depois desta. Até porque nosso cordão de prata, que nos liga ao corpo astral, sequer é visível, e a grande maioria acredita que seja mera ficção.

Não seremos, por acaso, meras criações de uma rede, uma matriz energética, ligados a cordões umbilicais eletrônicos, num imenso campo de colheita energética? Será que cada vida, cada ser que temos aqui, não são meras linhas de um programa de computador, cujo programador está rodando neste executável chamado tempo e muitas vezes tem que fazer ajustes?

Não vemos o mundo como o vemos, mas vemos o mundo como somos, já dizia o poeta. O mundo nada mais é do que o reflexo exterior daquilo que temos dentro de nós. O mundo como o vemos é uma construção feita pelo nosso cérebro, o que faz com que o vermelho que eu vejo talvez seja diferente do vermelho que você vê.

Será que existe mesmo a cor? E mesmo no escuro, ela continua existindo? Talvez isso explique porque o arco-íris do poeta é sempre mais brilhante, sempre mais vistoso, sempre mais lindo.

E James estava feliz. Feliz em suas divagações. Pensava em começar um relacionamento mais sério com Tatiana, ter uma família, ter filhos, integrar-se ao universo e cumprir sua missão de perpetuador da espécie. Não amava Tatiana profundamente, não era aquela paixão avassaladora, aquela dos filmes de água com açúcar, mas acreditava que o tempo se encarregaria de criar o necessário amor.

Afinal, o que é essa mágica palavra chamada amor, mais vermelho que a cor da rosa, tão cantado em versos, tão decantado em prosa?

Amor nada mais é do que o próprio tempo. O tempo que você dedica a alguém. "Foi o tempo que dedicaste à tua rosa que fez tua rosa tão importante", já dizia o Pequeno Príncipe. É como o fogo que começa na pequena chama e, num crescendo, toma proporções gigantescas e se torna incontrolável. O vento consegue apagar uma pequena chama de vela, mas na fogueira ele apenas consegue atiçar o seu fogo. O amor é aquele robusto carvalho que o tempo tornou retorcido, porém extremamente forte, porque as privações só o fizeram robustecer-se. Amor é o todo absoluto, pois "ainda que eu falasse a língua dos anjos, mas não tivesse amor, nada seria", pregava São Paulo nas escrituras.

O amor é a mola mestra que fez e faz o mundo desenvolver-se.

"É preciso amar as pessoas como se não houvesse amanhã", cantava Renato Russo. A consciência de que somos parte deste universo maravilhoso gerou em nós o sentimento, que se traduz em admiração, respeito, temor, reverência e, acima desses, o amor. Estamos nesta nau chamada Terra, navegando neste imenso mar chamado universo, mas não sabemos onde aportaremos. E, no entanto, acreditamos piamente que somos frutos de um amor maior.

Será mesmo que fomos criados por um pai amoroso, a quem chamamos Deus? Ou somos frutos do mero acaso?

Deus amou o mundo de tal maneira que mandou seu filho morrer por nós, gritava o pastor do alto de seu paletó, e nós, pobres mortais, analisando aqui embaixo que se o big bang tivesse ocorrido alguns milésimos de segundo mais rápido, seríamos jogados para os fins do nosso sistema solar e a Terra seria uma inóspita geleira. E caso fosse o contrário, se fosse alguns milésimos mais lento, seríamos atraídos para perto do Sol, e seríamos um planeta tórrido. E nem em uma, nem em outra situação haveria vida, e tampouco haveria nossa petulância, nossa arrogância, um mísero homem querendo ser maior que o outro, querendo demostrar que sabe mais, que tem mais, que pode mais.

Louco, diz Cristo na Bíblia, nesta noite pedirão tua alma, o que tens preparado para quem será? E neste mundo feito nos exatos milésimos de segundos que permitiram que a vida se instalasse aqui, com seus cantos, encantos e desencantos, também permitiu surgir um papa que tudo sabia, que queria queimar Galileu, que ousou discordar disso tudo.

E olhando assim, lá de cima do cosmo, vemos com os mesmos olhos do astronauta Gagarin que o azul da Terra se destaca, um azul assim tão lindo, exatamente igual aos olhos de Tatiana, que tinham um azul profundo, misterioso. Esse azul que grudava na gente e perscrutava nossos pensamentos. Eram os mesmos olhos de sua avó que, coitada, jazia agora numa cama de hospital, falando apenas com seus profundos olhos. Tinha algumas coisas em Tatiana que não gostava, achava-a ambiciosa demais.

Mas isso era da idade, com o tempo ela mudaria, pensava. Depois viriam os filhos. James adorava a ideia de ter filhos. Seus rebentos, sua prole, alguém que perpetuaria seus genes na infindável cadeia da vida.

Filhos, já dizia o filósofo-poeta Khalil Gibran, não são teus filhos, são filhos da vida. No eterno perpassar do tempo, eles são o nosso amanhã, apenas passam por nós e somos tão só meros arqueiros que os impulsionam para frente, os disparam para a vida.

Até podemos compartilhar seus sonhos, seus anseios, seus devaneios, mas jamais seremos donos de suas almas, que sempre vaguearão ao sabor ou dissabor das suas paixões, das suas vidas, do seu tempo, mas sempre adiante, sempre para frente.

Nossos filhos são herdeiros do bem mais precioso que dispomos, e nem sempre percebemos sua mais-valia, que é o tempo, senhor de tudo e de todos, divagava James.

James estava certo de que aqueles arquivos tinham algo de divino em sua essência. Era algo para ser compartilhado, para ser pesquisado. Já não havia como os deixar somente para uma única pessoa, principalmente se esta sequer pensava em compartilhar as descobertas advindas deles.

Não, isso era importante demais para a humanidade, sonhava ele. *Imagine se conseguirmos editar estes arquivos, tirar de dentro deles o que for ruim para o ser humano, os depurarmos, fazer ressurgir uma pessoa pura, isenta de maldade, de ambição, de malícia.*

E imagine se conseguirmos inserir dados novos, pensamentos, emoções, paixões, e conhecimentos, imagine, conhecimentos.

"Tiago inseriu um módulo para falar inglês. Levou apenas uma hora". E as propagandas:

"Aprenda a programar em linguagem C em trinta segundos". Imaginava as pessoas colocando um tipo de capacete e as informações sendo transferidas, seus cérebros sendo mapeados, descortinados, desvendados. E os maus pensamentos? E aquelas besteiras que a gente pensa, como seria? Não precisariam mais de detector de mentiras nas delegacias e o pai não precisaria mais perguntar ao futuro genro: quais suas intenções com a minha filha?

E iriam aparecer hackers para roubar cérebros e vendê-los no mercado negro:

"Temos um cérebro de PhD por apenas dez doletas". E nos aeroportos não seria mais necessário o detector de metal, porque o policial perguntaria se a pessoa tinha alguma arma e mesmo que ele mentisse, seu cérebro iria dizer que tinha.

Era uma revolução, o mundo mudaria, mas o mundo sempre está mudando, como mudou com o automóvel, com o avião, com a energia elétrica, com o celular. O mundo muda, só não mudam as pessoas. Mas agora as pessoas também mudariam, porque seus cérebros estariam expostos, seria um mundo de nudez intelectual, em que todos saberiam o que você pensa e teríamos que arranjar um meio de bloquearmos nossos pensamentos, assim como hoje sabemos ficar de bico fechado. Assim como a vida nos ensina a calar a boca depois de levarmos algumas lambadas, aprenderíamos a ficar de pensamento fechado.

E seria muito lindo ver a pureza das crianças despontando em seus pensamentos, sem as maldades que a vida nos ensina a ter, e quando elas falassem "te amo, papai", veríamos que seria do fundo do coração e guardaríamos este arquivo no HD de nossos computadores, assim como guardaríamos milhares de arquivos para tudo quanto é necessidade. E teríamos um book com os arquivos de cérebros de nossos entes queridos.

"Tudo o que foi feito neste mundo foi feito duas vezes, e a primeira foi dentro do cérebro de alguém, para depois ser concretizada", já ensinava o professor Maurino. Primeiro foi um projeto que nasceu na cabeça de alguém e depois virou realidade.

Mas agora isso mudaria, porque os projetos já nasceriam prontos, extraídos diretamente de nosso cérebro, e já não precisaríamos de impressoras, de *plotters*, de canetas e de pranchetas, pois desenvolveríamos óculos especiais para leitura de cérebros e um permitiria ao outro se conectar e colher as informações que precisava.

E poderíamos compartilhar nossos sentimentos e aquela velha pergunta: "sabes o que estou sentindo?" viraria realidade, porque o outro sentiria exatamente o que eu estou sentindo e isso seria a verdadeira comunhão de espíritos que tanto se fala nas igrejas.

E se criaria uma nova igreja para fazer essa comunhão de arquivos, com um grande servidor para fazer backup da junção de todos os nossos sentimentos espirituais, onde todos nós, de mãos dadas, entoaríamos cânticos ao grande deus Intel ou IBM ou HP. E esse grande deus, do alto de seu chip, assentado numa reluzente placa-mãe decorada com fibras óticas, nos enviaria pulsos elétricos para saciar nossos desejos, frear nossas ambições, mitigar nossos impulsos, igual à droga "soma" que se dava à plebe no livro *Admirável Mundo Novo*, de Aldous Huxley, para que ninguém mais ficasse triste ou insatisfeito.

Um mundo totalmente novo se descortinava a partir destes arquivos e James não conseguia esconder a excitação de ser também um partícipe disto, porque a humanidade precisava compartilhar destas informações. Muitos cientistas acreditam que se o homem não tivesse inventado a roda, certamente usaria mais a força do seu cérebro, talvez desenvolvesse mais o seu sexto sentido, talvez usasse mais sua intuição. E agora o mundo poderia se voltar para isso, abandonaria a roda para se desenvolver essa imensa força motriz chamada cérebro, esse poderoso combustível chamado pensamento.

Na realidade, essa revolução já começara. Com o advento da internet, muitas coisas passaram a prescindir do contato físico, deixou-se de ir ao banco pagar as contas ou ao supermercado buscar mercadorias.

Clique aqui, aparece na tela. Os produtos são escolhidos no computador e já não é necessário ir à banca buscar o jornal. Isso é uma revolução que tende a nos deixar cada vez mais imóveis. Agora, com o compartilhamento dos arquivos-cérebros, seremos uma imensa massa imóvel, confinados em nossas casas, como transístores encerrados em circuitos integrados, trocando virtualmente todas as informações necessárias à sobrevivência, presos a uma imensa rede neural, em verdadeira comunhão de cérebros e pensamentos. E, profeticamente, seremos "uma só carne".

Está nascendo uma nova revolução, a internet marca o final da idade média cibernética e agora, com esta comunhão cerebral, está começando a reforma, a renascença, e eu quero ser o Leonardo da Vinci cibernético, pensava James.

Por isso preciso falar com Doutor Bruno, contar a ele sobre os arquivos, sobre as ameaças do Doutor Barnes, sobre a forma como ele está desenvolvendo essas pesquisas, escondendo algo, algo não, escondendo tudo. E preciso, sobretudo, aliar-me a algum médico para dar continuidade a estas pesquisas, dissecar a forma de extrair os arquivos, criar procedimentos de cópia ordenada, pensava incessantemente.

Está na hora de organizar um trabalho em equipe, divagava sorridente ao sentir-se recompensado por tomar esta iniciativa. *Está na hora de reunir as várias áreas do conhecimento para objetivar o bem comum.*

Enquanto divagava, subia as escadas que levavam ao seu apartamento. Estava feliz e gostaria imensamente de compartilhar com alguém. Que bom seria se Tatiana estivesse lhe esperando. Com certeza falaria a ela de seus pensamentos, se declararia entre beijos, a pediria em casamento na cama e diria o quanto sonhava em constituir uma família com ela após fazerem amor.

No corredor fracamente iluminado, não se deu conta do cheiro estranho no ambiente. Estava inebriado pelo vinho e pelos pensamentos.

Ah! Como a vida é bela, dizem os poetas, principalmente quando o amor é conjugado no mesmo período verbal do álcool.

Abriu a porta e automaticamente levou a mão para acender a luz. Nos milésimos de segundos em que viu a luz acesa, percebeu os fios que desciam do interruptor unindo-se a um dispositivo colocado sobre a mesa próxima. Sentiu o cheiro forte de gás que inundou suas narinas e viu então uma imensa bola de fogo vindo em sua direção, que o atirou sobre a parede oposta. Já não tinha mais como ver a imensa labareda que destruía tudo o que encontrava pela frente, ao mesmo tempo em que um horrível estrondo era ouvido por todo o quarteirão.

Capítulo Décimo Segundo

Em tuas mãos entrego meu espírito

– Você tem que conectar estes aqui – dizia Barnes.

Chegara o grande dia. Tinham trazido Alexandre para a mesa cirúrgica e Barnes tentava mostrar à Lourdes quais fios deveriam ser ligados na cabeça dele, na matriz de eletrodos implantada dias atrás, e como fariam para pinçá-los do cérebro e trazê-los para o computador. Depois de baixá-los no notebook, precisavam implantá-los em Barnes, fazendo a conexão necessária para que os impulsos elétricos de um pudessem ser repassados ao cérebro do outro.

Como no procedimento anterior, Barnes injetou amital sódico nas vias carotídeas de Alexandre, pois precisava estabilizar o ritmo da atividade cerebral de Alexandre, tendo em vista que suas atividades neuronais oscilavam em demasia.

Tinha tomado a precaução de deixá-lo sedado, para evitar que se debatesse ou criasse alguma dificuldade durante o procedimento cirúrgico da troca, sei lá, era um procedimento totalmente novo, não havia relato experimental do que poderia ocorrer, então toda a cautela era necessária. A anestesia aplicada era apenas local, até porque o cérebro não é sensível à dor, e isso é até interessante porque embora o cérebro registre a dor das outras partes do corpo, sua estrutura não possui receptores de dor, então, teoricamente se pode cortar um pedaço do cérebro que a pessoa não vai sentir nada.

– Mas quando temos dor de cabeça, o cérebro não dói? – perguntou a aluna, isso nos velhos tempos de sala de aula.

– Na realidade, a dor ocorre ao redor do cérebro, nas estruturas sensíveis, que são os nervos, artérias, veias e músculos. Essas estruturas podem estar por dentro e por fora do cérebro, por isso temos a sensação de que o cérebro é que dói, mas, na realidade, a dor se passa ao redor dele. – A voz suave de Lourdes o trouxe à realidade:

– Já decidiu se vamos usar propofol?

Barnes até então estava reticente sobre qual anestésico usar em si próprio, pois precisava estar consciente para ficar à frente de todos os procedimentos. Mas havia alguns problemas que precisavam ser levados em consideração. O primeiro era a dor, porque era preciso perfurar seu cérebro para introduzir a matriz de eletrodos. O outro problema era tentar se manter consciente enquanto se operava a transferência dos dados vitais, ou seja, dos seus arquivos cerebrais, para o cérebro de Alexandre. E, por fim, havia um grande dilema a ser resolvido quando a transferência se efetivasse: o que fazer com o corpo, com a velha carcaça do velho Barnes? Na realidade, ele precisava morrer! E seu corpo ficaria ali, inerte.

Como aquela velha carcaça seria descartada, Barnes optou em implantar a matriz de eletrodos em si mesmo somente na hora em que fossem executar o procedimento cirúrgico. Seu medo é que não conseguisse se recuperar logo da cirurgia de implante, o que significava adiar seu projeto, que agora pedia rapidez.

Barnes refletia sobre o que aconteceria depois. Imaginava que Alexandre iria acordar e certamente ele estaria comandando seu cérebro, o que daria tempo para tomar as providências necessárias para simular as mortes, a constituir algum álibi. Em seus planos via-se acordando como Alexandre e ninguém teria qualquer razão para desconfiar dele, ninguém saberá o que ocorreu, principalmente se Alexandre voltar para sua maca na UTI e lá permanecer por algum tempo. E Barnes estará morto.

No fundo, Barnes sentia medo. Aqueles arquivos que ele conseguia transferir de um ser para outro precisavam ser mais bem estudados, era preciso analisar as reais implicações dessas transferências, porque até agora o doador dos arquivos não conseguia se manter vivo. Parecia que, ao se copiar estes arquivos, a vida ia junto com eles, os arquivos encerravam aquela chama da vida, aquele sopro divino, que até agora Barnes não tinha conseguido separar, não tinha conseguido editar.

Um dos grandes problemas era conseguir alguém que pudesse fazer esse tipo de trabalho, de edição e manipulação dos arquivos. Para conseguir um parceiro, Barnes teria que repartir suas experiências, mas isso era tudo o que não queria. Estava sozinho e precisava trabalhar dentro dessas limitações.

Até apostou suas fichas em James, mas ele era muito idealista, e acabou se tornando um perigo para seu projeto. Mas esta situação já estava resolvida. Seu projeto estava acima de tudo e de todos, e Barnes não podia admitir qualquer percalço. Manter-se vivo após a transferência não o preocupava muito, porque seu corpo já estava comprometido mesmo, e por certo não viveria por muito tempo, então não havia muito a perder com isso. O fato de conseguir um corpo em ótimas condições físicas já bastava para seu intento e tudo na vida era questão de aprender. E agora que teria esse corpo melhor, sadio e jovem, teria muito tempo para analisar a situação posteriormente. Precisava, então, preparar sua morte, torná-la o mais natural possível.

Detalhes, detalhes. Vamos trabalhar em cima do projeto principal, os detalhes arrumamos aos poucos, pensava. Imaginava-se dentro do corpo de Alexandre, trabalhando neste projeto. Todo o seu laboratório estava montado e ninguém sabia disso. Teria muito tempo para trabalhar.

Deu-se conta que Lourdes o olhava com ternura. Não teve coragem de encarar aqueles olhos. Uma estranha perturbação não o deixava mais fitar ela nos olhos. Já tinha tomado sua decisão e tinha medo de se denunciar, e isso não era nada bom.

– Sim, vamos usar propofol, mas a 0,9%. – Barnes preferia sentir um pouco de dor quando fosse perfurado seu cérebro a correr o risco de ficar inconsciente. Até porque havia um último problema a ser resolvido: não podia haver testemunhas, não podia correr qualquer risco. Seu projeto não podia correr riscos. E isso envolvia inclusive Lourdes.

Há muito tempo que Barnes perdera completamente a noção do que era certo ou errado.

Afinal, não existe certo ou errado, certo? Lembrava-se das aulas de filosofia e das instigantes perguntas do Doutor Sandel:

"É certo torturar um terrorista para conseguir desarmar uma bomba que mataria centenas de pessoas? Lógico que todos concordam que sim. E se ele só confessasse se fosse torturada a filha de oito anos? É certo matar um para salvar dez? E foi certo aquele famoso caso dos exploradores de cavernas que tiveram de matar um companheiro para poderem sobreviver comendo sua carne? O certo e o errado dependem apenas do momento em que são contrapostos".

– Vamos começar então? – A pergunta de Lourdes parecia tão distante. Deitou-se sobre a mesa, posicionando-se ao lado de Alexandre. Estavam em um dos anexos próximos da UTI, local de pouco uso, geralmente casos de urgência. Barnes tivera o cuidado de preparar a sala sem despertar qualquer suspeita e tanto ele quanto a Doutora Lourdes não passaram pelo plantão, então ninguém sabia que eles estavam no hospital. Detalhes são importantes.

A intensa luz projetada pelo foco cirúrgico iluminava a cabeça já raspada de Barnes, na qual Lourdes traçava pequenos riscos, mapeando o local onde iria abrir a pequena incisão. Tinham alguns problemas, mas já resolvidos, como a falta de instrumentador e assistente cirúrgico. Lourdes queria muito ter a presença de mais uma pessoa, principalmente um anestesista, pois acreditava que era muito arriscado fazer tudo sozinha. Não que se julgasse incapaz, era cirurgiã competente, mas seu medo era se houvesse algum imprevisto. No entanto, Barnes fora incisivo e não aceitara quem quer que fosse. Teria que ser somente os dois.

Lourdes então aplicou o propofol na parte traseira da cabeça de Barnes, de modo a anestesiar o local da incisão. Removeu um pequeno pedaço do couro cabeludo, agora totalmente pelado, e inseriu um clipe hemostático, o clipe de Raney. Isso porque haviam combinado que não se faria a cauterização do local, até porque não havia assistente para esse tipo de trabalho e esse clipe era salutar para estancar o sangue. Fez então a trepanação do pequeno pedaço de osso que ficou à mostra, embora coberto de sangue e linfa, já que o aspirador não conseguia aspirar todos os fluidos que saíam daquela pequena incisão. Lourdes atingiu a dura-máter, a membrana que recobre o cérebro, e com o bisturi elétrico foi fazendo um pequeno corte e com a outra mão, segurando a pinça, foi levantando-a, expondo desta forma a massa encefálica que se escondia dentro da cavidade.

Manteve a dura-máter erguida, calçando-a com um novo clipe, passou o pequeno aspirador pela borda da incisão para evitar que qualquer líquido escorresse para dentro. Ao mesmo tempo, aspergiu um pouco de soro fisiológico sobre aquela massa cinzenta, para evitar que se ressecasse. Interessante que o cérebro tem que estar sempre molhado, é como se trabalhasse submerso, sempre envolto em material líquido.

– Isso se chama comumente de liquor – dizia a sorridente professora Lourdes para a plateia de alunos. – Mas seu nome científico é chamado líquido cefalorraquidiano. O cérebro jamais poderá ficar ressecado – explicava.

É como um feto, como um nascituro, sempre envolto em água, pronto para sair para a vida. Talvez o cérebro seja isso também, o feto da inteligência sempre pronto para sair para vida, sempre nascendo, pois está toda hora criando, dando formas à imaginação, que nada mais é do que criar vida, nada mais é do que promover a criação.

Lourdes iniciou o lento trabalho de inserir a matriz composta de minúsculos eletrodos nos lobos cerebrais, espetando-os naquela massa gelatinosa, tendo o cuidado de antes posicionar o tubo com a câmera, para que pudesse visualizar na tela a imagem ampliada, para evitar que cometesse qualquer deslize. Era zelosa e sempre fora reconhecida como cirurgiã competente e os anos de prática fizeram-na criar um padrão de trabalho rápido e produtivo.

Barnes mantinha-se imóvel e com os olhos abertos. Um silêncio absoluto imperava no ambiente gélido, destacando-se apenas o aspirar gutural do aparelho, entrecortado pelos bipes sincronizados do aparelho de eletrocardiograma que desenhavam suas linhas verdes no vazio da noite.

Durante o corte do couro cabeludo sentira um pouco de dor, mas suportável para quem já se acostumara com as fortes dores no estômago. Lourdes agora fechava a dura-máter e suturava a incisão, não mais aparecendo qualquer indício de cirurgia, salvo as pontas de fora da matriz de eletrodos, em que ela começava a fazer a ligação dos pequenos fios de fibra ótica, interligando-os ao notebook e ao amplificador. Outros fios vindos da cabeça de Alexandre se conectavam também ao notebook e ao amplificador.

Agora, na noite silenciosa, se ouvia apenas o som das sinapses de Alexandre e Barnes, cadenciadas pelos bipes dos aparelhos, parecendo tocar uma única melodia. Era a melodia da vida.

Lourdes limpava o excesso de líquidos com uma gaze na ponta da pinça. Esticou então o pequeno pedaço de pele, costurando-a, deixando uma minúscula abertura, na qual conectou um dreno, para evitar o acúmulo de líquidos na área subcutânea e formação de coágulos.

– Pronto, agora podemos virar para cima – falou Lourdes. Todos os eletrodos estavam colocados em seus devidos lugares e devidamente conectados. Barnes mantinha o notebook no mesmo nível de seu corpo, para que o pudesse operar com suas mãos e comandar a partida de sua nova vida, direcionar o início da sua nova saga na terra, como uma nova pessoa com um cérebro antigo. Com o amplificador ligado, a tempestade de sons provenientes de sua cabeça formava aquela sinfonia que ele estava tão acostumado e a qual tanto admirava.

Lourdes girou o dial do amplificador e o som da sinfonia aumentou, e esse era o único som que se ouvia agora na sala, uma grande orquestra cerebral, e parecia que a partitura homenageava o grande passo que se daria dali a alguns minutos, o grande salto do ser humano, umas das maiores conquistas da humanidade.

Como seria a transferência? Teria consciência enquanto os impulsos elétricos, convertidos em arquivos, saíam de seu cérebro, passavam pelo notebook e eram salvos dentro do cérebro de Alexandre?

Era provável que daqui a alguns anos estes mesmos arquivos dariam vida a máquinas. Imagine, bastaria implantar alguns arquivos destes dentro de um notebook e este passaria então a pensar, a criar, a imaginar. Um turbilhão de pensamentos e questionamentos passava pela cabeça de Barnes. Estava absorto e estranhamente apreensivo.

Como seria o "acordar" dentro da outra cabeça? Como seria a forma de pensar? Pensaria como Barnes ou pensaria como Alexandre?

E suas lembranças, suas imagens mentais, suas reminiscências? Seriam só suas ou seriam misturadas com as de Alexandre? Eram questões que Barnes não tivera muito tempo para pensar, até porque não tinha como inferir tais comportamentos. Todos os seus experimentos foram feitos em pessoas e animais inanimados e sempre havia percebido que o receptor adquiria os mesmos hábitos do doador, mas eram experimentos rápidos, não havia um histórico comportamental. E pior, nunca fizera tal experimento em seres humanos conscientes, então não tinha alguém que pudesse contar suas sensações, testemunhar as reações, falar sobre os sentimentos que afloravam após esta transposição do cérebro.

E agora Barnes estava ali, o dia chegara, iria começar sua mais deslumbrante, mas também louca, aventura. Algo inimaginável, que seria testado nele. Era uma viagem à sua outra vida, ao seu outro eu, e era uma viagem sem volta, não haveria meios de reverter a situação se alguma coisa desse errado.

Estava para acontecer uma das maiores aventuras da saga humana na Terra e nada de imprensa, nada de flashes, ninguém para testemunhar. Incrível como as grandes descobertas do ser humano se deram sozinhas, sem ninguém por perto.

Arquimedes, quando descobriu a fórmula do volume e saiu gritando "eureca", nu, pelas ruas de Siracusa, estava só. Galileu, quando espiou pela primeira vez o universo pela luneta, estava só. Humphry Davy, quando queimou o primeiro filamento de lâmpada, estava só. Marconi, quando ouviu os primeiros chiados de rádio, estava só. Talvez na história alguém um dia vá dizer: Barnes, quando fez a primeira transposição de cérebro, estava só.

Tudo pronto. Era só apertar o *enter* do computador e Barnes se converteria em outro homem, em outro ser. Agora ele já estava ficando eufórico, o efeito do propofol em seu organismo o estava transmutando, sentia-se leve e sentia a guinada que sua vida daria. Estava conseguindo se perpetuar no espaço-tempo, estava conseguindo ser eterno, estava conseguindo se sentir um pouco Deus. Descobrira que o sopro da vida nada mais era do que simples arquivos binários, que dali para frente seriam colocados em qualquer carcaça que fosse útil.

Seremos virtuais, iguais programas de computador, que podem ser instalados em qualquer máquina, em qualquer notebook? Seremos apenas um mero pen drive a ser carregado no bolso de alguém, e talvez chamemos esse alguém de nosso Deus?

Mas não é isso exatamente que ocorre hoje? Não somos meros arquivos, implantados em carcaças de músculos e ossos que são programadas para crescer, multiplicar e depois morrer? E será que depois nosso arquivo não será novamente recolhido em um pen drive divino, para ser implantado em nova carcaça? Não será um pequeno arquivo que há no seio de uma semente, arquivo este que a programe para germinar, crescer, se tornar um novo ser e gerar novas sementes?

– Agora eu quero um abraço – falou Barnes.

Lourdes ficou aturdida. Jamais esperaria aquele tipo de reação. A forma como ele falou, o tom de sua voz, a tristeza que havia naquelas palavras, despertaram um misto de medo e compaixão. Por um instante sentiu-se como um cordeiro dirigindo-se ao sacrifício, como o bíblico Isaque sendo conduzido por Abraão para ser imolado no topo da montanha, como uma rês caminhando em direção ao matadouro.

Por um instante, sentiu uma voz lá dentro de si a dizer que não fosse, que não desse aquele abraço, que fugisse dali enquanto era tempo, era um retinir de perigo, um dobrar de sinos de réquiem, mas a ternura que sentia por Barnes não a fazia imaginar que corresse qualquer perigo.

Debruçou-se sobre ele e levou as mãos por baixo de seu corpo, abraçando-o como se o estivesse ajeitando na mesa cirúrgica. Teve naquele abraço a mesma sensação de Cristo ao ser beijado por Judas, vislumbrando uma traição que o levaria à morte e que não mais teria retorno. Ofereceu seu abraço como Cristo ofereceu sua face, prenunciando a turbidez que se aproximava, mas sentindo-se impotente para reprimir ou banir aquela nuvem do mal que se avizinhava.

Senhor, afasta de mim este cálice, suspirava sua alma aflita, pois que servida de um cálice de vinho tinto de sangue, o mesmo sangue que maculava suas alvas luvas.

Sentiu o braço direito dele apertar a região superior de suas costas, quase na região do pescoço, e sentiu que este abraço quase a sufocava. Sentiu a mão esquerda dele remexer-se próximo ao seu seio, tendo uma estranha sensação de ardência na região entre as costelas. Quando tomou consciência do que estava ocorrendo, o abraço fatal de Barnes já a dominava, já não conseguia desvencilhar-se daquele aperto, pois Barnes era muito forte.

Uma dor aguda a fez estremecer quando sentiu a lâmina atingindo seu coração. Barnes fora preciso e o bisturi de duas bordas encravara-se entre a quarta e a quinta costela. Um golpe milimétrico e quase indolor, preciso e estudado, de resolução muito rápida, culminando em uma parada cardíaca fulminante.

Lourdes ainda tentou levantar-se, mas sentia aquele braço férreo aprisionando-a. Conseguiu desvencilhar seus braços e, enquanto tentava empurrar Barnes com o braço direito, tentando se livrar do mortal abraço que a asfixiava, ergueu o braço esquerdo na tentativa de buscar um apoio, algo em que pudesse se agarrar e foi quando sentiu em suas mãos alguns daqueles fios que antes implantara no cérebro de Barnes. Foi a última coisa que sentiu, deixando-se cair pesadamente sobre o corpo de seu amado, mantendo os olhos arregalados pelo terror, como se fosse assistente e não partícipe e estivesse horrorizada pelo macabro daquela cena.

Toda a ação ocorreu de forma muita rápida e apenas centésimos de segundo transcorreram até Barnes sentir o corpo de Lourdes baquear sobre o seu. Apertou então o "enter" do computador, querendo que tudo terminasse o mais rápido possível, pois já não podia olhar para sua consciência e se dar conta da atrocidade que cometera.

Apesar de desejar levar adiante seu projeto a qualquer custo, não se importando com os meios, somente o efeito analgésico da medicação lhe deu forças para concretizar aquela ação tão nefasta, aquele ato tão insano, que agora preferia não ter cometido. Sequer se deu conta de que alguns dos fios antes implantados em seu cérebro foram arrancados quando Lourdes se debatia desesperadamente.

Lentamente começou a sentir um torpor que tomava conta de seu ser, começou a ficar sonolento. *O sono da morte*, pensou, e então lembrou-se do padre que dizia: "orai irmãos para que o nosso sacrifício seja aceito por Deus Pai todo poderoso", e essa foi a última coisa que pensou.

Na tela do notebook, uma tarja mostrava a lenta evolução da transferência dos arquivos. Barnes havia colocado uma rotina para o computador autoapagar os dados quando a transferência se efetivasse.

Realmente ele não queria deixar testemunhas e provas.

Capítulo Décimo Terceiro

Barnes está morto

– Sutura, por favor – pediu Bruno.

Rosemary lhe passou rapidamente a agulha, para que Doutor Bruno pudesse suturar a cabeça de Barnes. A matriz de eletrodos havia sido retirada quando Bruno constatou que não havia mais nada a fazer e agora precisava esconder o pequeno buraco que restou naquela calva negra que reluzia na madrugada.

– Ele estava vivo ainda? – Sim, Rosemary tinha certeza, Barnes se debatia debilmente sob o corpo caído de Doutora Lourdes, mas era um estrebuchar final, era a agonizante entrega para a morte daquela carcaça que temos o hábito de chamar de corpo.

Quando Rosemary voltou a si e se deu conta do que estava ocorrendo, instintivamente percebeu que algo deveria ser feito e passou a analisar a situação do ponto de vista frio de uma profissional. Teve um desmaio repentino, é bem verdade, mas fora coisa de segundos, logo recobrando o controle da situação. E isto ela não contaria para ninguém, afinal de contas não é de bom alvitre que uma profissional da saúde tenha desmaios quando se depara com cenas de morte como aquela.

Relatou a Bruno, que viera esbaforido em menos de meia hora, tudo o que presenciara e todas as providências que tomara. A primeira fora desligar o notebook, pois verificou que ele estava autoapagando os dados. Fizera isso por instinto, acreditando que algo dera errado e que desligando haveria chance de salvar Barnes, que ainda se debatia. Precisou ficar pressionando o botão "power" do notebook para este desligar-se. Não sabia se fizera certo ou errado.

– Fizeste muito bem, muito bem – dizia Bruno.

Rosemary tivera o cuidado de não mexer nos corpos, afinal de contas isso poderia gerar problemas, tudo indicava que houvera um assassinato ali, e o que menos queria era complicação para seu lado. Melhor mesmo era chamar o Doutor Bruno, que deveria saber o que fazer.

– Doutor Bruno, Doutor Bruno, por favor, corra aqui, houve uma desgraça – falava Rosemary apavorada. O que poderia ser? Um cano se rompeu e inundou tudo, um incêndio em algum aparelho? Alguém promoveu um quebra-quebra?

– Não, Doutor, não, bem pior, bem pior, o Doutor Barnes e a Doutora Lourdes morreram.

– Como morreram? O que houve, como assim? Algum acidente?

– Não, Doutor, o senhor precisa vir para cá, eles estão caídos, não, eles estão na mesa de cirurgia, eles estão mortos, Doutor, estão mortos. – Rosemary não conseguia se conter. Era muita desgraça.

– Calma, calma, conte o que houve.

Era difícil para Rosemary descrever o que houvera naquela sala. Só sabia que a Doutora Lourdes estava caída em cima do Doutor Barnes, os dois ensanguentados, tinha um paciente ao lado deles e um monte de parafernália, de aparelhos e fios.

Não, não sabia o que tinha acontecido exatamente, mas eles estavam mortos. No começo, Doutor Barnes ainda estava se contorcendo, mas depois se aquietara e parecia que estava morto. Não tinha como explicar.

A Doutora Lourdes estava morta sim, Rosemary conhecia a morte há muitos anos, sabia como as pessoas ficavam quando morriam, não tinha se enganado não.

Como morrera? Não sabia, mas não conseguia enxergar nada, se era choque elétrico ou tiro, porque ela estava por cima do Doutor Barnes e Rosemary não havia mexido neles.

– Estou indo aí – falara Bruno. – Não mexa em nada e não fale para ninguém.

E agora eles estavam dando os retoques na situação. Bruno viera correndo, nem lembrava mais onde guardara o pen drive que Tatiana tinha lhe dado. Aliás, nem tivera tempo de ver o que continha e nem de assimilar todas as informações que conseguira nestas últimas horas.

– Não fala nada sobre estes fios, sobre este notebook, ok? Isto só iria piorar a situação – dizia Bruno, nervoso. – Não fala nada da cirurgia.

Rosemary não entendia o porquê, mas não ia se comprometer e correr o risco de perder o emprego. Já bastava o fato de estar sozinha quando encontrou a cena macabra, sem qualquer testemunha.

Espero que não sobre para mim, pensava aflita e temerosa.

Bruno sondou os corpos dos dois médicos e descobriu a ponta do cabo do bisturi que aparecia na mão de Barnes, agora meio afrouxado pela morte, de onde se percebia que começara a escorrer o sangue que manchava as roupas deles e todo o resto.

Por que Barnes mataria Lourdes? Perguntava-se Bruno a todo instante.

– Vamos tirar o Alexandre daqui, deixar só os dois. – Não sabia por que Doutor Bruno pensava assim, mas ele devia saber o que estava fazendo.

– A polícia vai vir e quanto menos complicação para o hospital, melhor.

Se ele dizia, estava certo, pensava Rosemary.

Terminaram a sutura na cabeça do Doutor Barnes, seus olhos estavam ainda entreabertos, mas estavam mortiços, apagados, como se a vida tivesse escorrido por entre eles e aos poucos, sugadas pelo ar igual fumaça. Muito diferente do olhar aterrador da Doutora Lourdes, olhar que implorava por clemência, olhar que se recusava a morrer, que gritava pedindo socorro.

Bruno limpou bem a cabeça calva de Barnes, passando álcool iodado novamente, o que menos queria era deixar sua digital ali. Deixaram os dois corpos na posição que estavam, Doutora Lourdes grotescamente debruçada sobre Barnes, os braços agora rígidos pendurados no vazio, olhando para frente, como se esperando pelo socorro que tardou, a boca com aquele fio de sangue escorrendo no canto, sangue que não conseguira dar seu grito de alerta, esperando pelo cálice que o recolheria, cálice tinto de sangue, como diria o poeta.

Já não havia mais os fios de fibra ótica, não havia mais o eletrocardiograma piscando e desenhando seus riscos verdes na madrugada, não havia o barulho gutural do aspirador a aspirar o nada. Havia apenas dois corpos, um sobre o outro, numa posição fúnebre.

São "tudo" uns doidos, isso só pode ser coisa do capeta, pensava Rosemary.

Jamais conseguiria entender como duas pessoas de sucesso, dois médicos famosos, tinham chegado a esse ponto, de se matarem, de terminarem suas vidas, assim, por nada, uma coisa tão fútil. Não conseguia entender o que estavam fazendo, como foram parar daquela forma. Era muito para sua cabeça.

Lentamente, levaram Alexandre para a sala contígua à UTI, justamente a sala onde Rosemary trabalhava, e ela percebeu que os olhos dele prenotavam uma pequena luz lá no fundo, era como se Alexandre estivesse desligado, mas os olhos eram as luzes do stand-by, como um pequeno pixel aceso. Lembrou-se da velha televisão em preto e branco, que quando ligava demorava para aparecer a imagem e enquanto esta não aparecia, ficava com aquele ponto luminoso bem no meio, como se precisasse esquentar os motores.

– Eu acho que o Barnes ficou louco – falou Bruno sem muita convicção e Rosemary não sabia o que dizer.

– Se fizerem perguntas, fala que você encontrou os dois aqui. E mais nada. – Rosemary tinha muito medo disso tudo e gostaria apenas de continuar a fazer seu trabalho, mas agora parecia que ia ser envolvida neste problemão todo e por isso tinha muito medo.

– Não precisa ter medo, não – consolava Bruno, enquanto arrumava Alexandre na cama, inserindo a agulha do soro e ligando o eletrocardiograma. Precisava monitorar o que houvera e não via a hora de desvendar o que havia naquele notebook.

O que Barnes estava tentando fazer com aqueles fios todos? Qual sua ligação com Alexandre? Por que matara Lourdes daquela maneira? Por mais que desse trato à cachola, não conseguia entender o que se passara naquela sala, o que ocorrera naquela madrugada. Era um grande enigma que precisava ser desvendado.

Já eram cerca de seis horas, o sol estava começando a querer aparecer, como se necessitasse romper a casca da noite para desabrochar, igual ao pintinho que precisa romper a casca do ovo, o dia estava só começando e Bruno estava exausto, como se tivesse trabalhado a noite toda. Deu novas recomendações a Rosemary, principalmente sobre o que era conveniente falar e o que não era, caso fosse interrogada, e certamente seria, e pediu para ficar de olho em Alexandre.

Alguma coisa acontecera com Alexandre e Bruno queria descobrir o que era. Não foi por acaso que ele estava conectado com aqueles fios todos à cabeça de Barnes. Talvez no computador estivesse a chave para desvendar este mistério.

– Doutor, eu preciso ir, já passou do meu horário – balbuciou uma trêmula Rosemary. Era apenas atendente de enfermaria, precisava levar a filha à escola, ia chegar atrasada, com certeza, ela que vivia sozinha com aquela filha, não tinha como ficar mais.

A substituta já havia chegado, Bruno deu as instruções, tudo arrumado, tudo certinho, a polícia já havia sido comunicada e já estavam a caminho, não precisavam chamar os paramédicos.

Bruno riu porque seria interessante chamar os paramédicos dentro do hospital, mas isso acontece sim e nem sempre o pessoal do hospital sabe o que fazer num caso destes.

Mas ali não era mais preciso e a morte deles já fora constatada, então não era preciso fazer qualquer outro procedimento. *E agora só precisamos ver o que temos neste computador.*

Lentamente, começou a dirigir-se para sua sala, carregando o notebook embaixo do braço, cuidando dele como se carregasse um tesouro, quando avistou no fim do corredor aquele aglomerado de pessoas na frente da porta de sua sala e todas parecendo falar ao mesmo tempo. Certamente estavam esperando por ele, afinal ele era a autoridade ali, era ele quem respondia pelo Hospital Universitário.

Rapidamente abriu a primeira porta à sua frente, era um depósito de roupas hospitalares, largou o notebook na prateleira de cima, lugar de difícil acesso, ninguém pensaria em procurar alguma coisa ali, e ele poderia voltar depois para recuperar. Voltou ao corredor. Tinha que enfrentar a multidão.

E o dia estava apenas começando.

Capítulo Décimo Quarto

Mistério, meu amigo, mistério

O que será que aconteceu ali? Alfredo se perguntava.

A luz do início da manhã mostrava um prédio semidestruído e a movimentação de ambulâncias, bombeiros, paramédicos e um infindável aparato de pessoas e equipamentos. A coisa foi feia pelo jeito, porque tinha muita gente por perto e ainda havia fumaça num dos cantos do prédio. Agora dava para ver melhor e o primeiro andar estava todo destruído.

Algo parecido com uma explosão, pensava o arguto Alfredo, velho detetive da "Homicídios". Era um dos prédios adjacentes à universidade, ligado ao campus, e geralmente nesses prédios moravam alunos e professores dali, pessoal da casa. Como a Universidade se expandiu, consequentemente a especulação imobiliária também, e muitos pequenos investidores construíram conjuntos de pequenos prédios para atender à demanda por moradia naquelas redondezas, caso para ganhar um troquinho, uma pequena renda, uma pequena aposentadoria, diriam alguns.

Mas seu caso não era ali, era mais à frente, lá dentro da universidade, parece que houvera um homicídio, um caso meio confuso, não conseguiram explicar direito, dois médicos mortos, muito estranho, e fora designado para atender, justo agora no final de seu plantão, quando estava pensando em ir para casa e descansar, tomar um bom banho, uma boa xícara de café e dormir um merecido sono.

Estavam indo muito devagar, os carros quase parando, muita gente curiosa, que mais atrapalhava do que ajudava, aliás, só atrapalhava, porque pelo jeito não havia mais o que fazer, os carros paravam em qualquer lugar, no meio da rua, trancando a passagem.

Por que será que sempre temos esta curiosidade pelo mórbido, pelo estranho, pelo diferente? Por que quando há um acidente, sempre se aglomeram pessoas, sempre se cria um tumulto?

– Explosão, Doutor, e explosão das grandes – falou o policial que dirigia no meio da balbúrdia. Anos de experiência sempre tornam o diagnóstico mais preciso.

– Verdade, mas já faz algum tempo – falou Alfredo. Falava por experiência, pois percebia que já haviam retirado muito dos entulhos que caíram com a explosão e o local já estava meio revirado.

Os reflexos da luz piscante da viatura quase não apareciam mais ao seu redor, embora o sol não tivesse nascido totalmente ainda, mas a claridade já denotava que ia ser um dia de sol intenso de primavera.

– É melhor ligar a sirene para a gente sair daqui – falou Alfredo. O agente obedeceu, o povo teve um rápido susto quando escutou a sirene ecoar; logo começaram a abrir passagem e aos poucos o burburinho foi ficando para trás.

A porta da emergência do hospital se encontrava toda aberta, parecia uma imensa boca por onde entravam e saíam ambulâncias, entravam com suas sirenes aos gritos, ecoando por socorro, desesperadas, como se o sofrimento das pessoas dentro delas precisasse ser externado, pois no seu interior sempre ia alguém que precisava de ajuda, alguém que dizia meu Deus me ajude ou valha-me Nossa Senhora, isso quando ainda pensava ou podia falar, porque a maioria já vinha desacordada e os únicos gritos eram justamente os da ambulância, como se tivesse sido autorizada a gritar por eles, como se tivessem constituído as ambulâncias como seus procuradores.

Mas, quando saíam daquela boca enorme chamada porta, iam em silêncio, elas já não precisavam mais gritar por socorro, porque de suas entranhas já saíram os pacientes que precisavam de ajuda e agora iam devagar, resignadas, à espera de buscar novos pacientes, com novos sofrimentos e novos gritos.

Alfredo tentava escutar no meio da balbúrdia o que o colega Nascimento lhe contava a respeito da explosão. Estavam na frente da sala do Doutor Bruno, chefe do Departamento de Medicina, e já se acotovelavam repórteres e cinegrafistas, todos na ânsia de saberem o que aconteceu por ali, todos ávidos por alguma notícia para poderem satisfazer a fome das pessoas por mais e mais informações, algum fato novo, algum acontecimento brutal, alguma coisa sanguinolenta, algum massacre.

"Paz e amor não vende jornal, bom mocismo não fatura na TV, coisa boa não dá ibope", já dizia o velho professor de marketing.

Mas mostra um bate-boca, mostra uns tapas, mostra sangue e as pessoas se tornam ávidas por detalhes, fulano traiu fulana, sicrano adora andar nu em casa, beltrano só usa roupa da marca tal. Como somos escravos do fútil, adoradores do banal, seguidores do frívolo.

Nascimento viera à procura do reitor da Universidade, que já estava a caminho, porque precisava desvendar o que causara uma explosão em um dos prédios próximos dali, explosão esta que tudo indicava fora criminosa, morreram duas pessoas e uma delas era professor da instituição. Encontrara Alfredo por acaso e estavam conversando enquanto aguardavam o Doutor Bruno, que, até chegar o reitor, era a maior autoridade ali presente.

Doutor Bruno, apesar do cansaço, conseguiu botar ordem na casa. Lógico que não podia deixar a imprensa ter acesso ao quadro tétrico que se desenhara dentro do hospital.

– Pessoal, atenção, depois a universidade divulgará uma nota, por enquanto ninguém tem autorização para falar qualquer coisa.

– Mas, Doutor, estão falando que morreram várias pessoas, o senhor confirma? – insistia a repórter de cabelos loiros, e Bruno lembrou que já a tinha visto várias vezes no noticiário da TV, sempre a falar de mortes, de sofrimentos e de calamidades, sempre a deleitar as pessoas com a dor alheia, porque as pessoas precisam se alimentar dessa dor para tomarem consciência de que amanhã poderá ser a vez delas.

– Foi um médico que esfaqueou outro, é isso, Doutor? – escutava a pergunta que vinha daquele burburinho e já nem conseguia identificar o autor, mas isso também não importava muito, porque a prudência o recomendava a não falar nada naquela hora.

Meu Deus, como conseguem saber das coisas antes mesmo da própria polícia chegar ao local? – Desculpem, desculpem. – E o pessoal da segurança ia levando aquele bulício de sons e vozes para o andar de baixo. – Aqui ninguém mais pode ficar, com licença, lá fora, por favor.

– Polícia – disseram Alfredo e Nascimento quase ao mesmo tempo, mostrando as carteirinhas com o brasão da república, enquanto o outro agente de polícia observava a cena quieto, mas parecendo se deleitar com aquilo tudo.

– Precisamos saber o que aconteceu. Vamos dar uma olhada? – Alfredo convidou Nascimento para ir junto, e o fez com uma voz tão informal que parecia convidando-o para tomar um cafezinho, talvez em razão de já ter-se acostumado às desgraças da vida, nada mais parecia o surpreender, se bem que um cafezinho agora era uma boa pedida.

– Ele era professor aqui? – perguntou Bruno, ao saber da explosão. Desgraça pouca é bobagem, já diz o velho adágio, e parece que as coisas quando acontecem sempre andam juntas, sempre reiterando a Lei de Murphy de que se algo pode dar errado, com certeza vai dar errado na pior hora possível.

– Não, não o conhecia. – Em parte era verdade, porque Bruno nunca conversara diretamente com James, embora estivesse tendo um caso com a namorada dele. É *verdade, puta merda, só espero que não achem que fui eu quem explodiu o apartamento dele, mas porque alguém faria isso?*

Barnes, pensou. O nome aflorou imediatamente à sua cabeça. *Barnes era o único responsável e fez isso talvez para apagar provas, mas por quê? Bem que Tatiana tinha lhe falado que James estava com medo de Barnes, ou será que foi Tatiana quem o matou e falou apenas para disfarçar. Mas por que faria isso?*

Sei lá, existem mais coisas entre o céu e a terra do que sonha a nossa vã filosofia, já dizia Shakespeare, mas não, com certeza quem matou James foi Barnes, as coisas começavam a se encaixar...

– Doutor Bruno? – a voz de Alfredo o trouxe de volta à realidade.

– Desculpe. – Bruno agora abria a porta da sala anexa à UTI para os dois, onde já se podia ver os corpos dos dois médicos mortos.

– O que o senhor perguntou?

– A que horas ocorreu? – repetiu Alfredo. Bruno não sabia direito, nem iria dizer o que realmente ocorreu, mas acreditava que entre as três e as seis da manhã, sei lá, quando recebeu a ligação já eram quase seis.

– É ruim, hein, Doutor? – dizia o agente, falando para Alfredo e fotografando os corpos inertes, debruçados um sobre o outro. A luz do flash pipocava na sala, a área fora toda isolada e Alfredo se perguntava por que eles tiravam tantas fotos. Ele ainda era do tempo dos filmes das doze poses, daqueles que se mandava para o laboratório para revelar e a gente ficava com uma baita ansiedade para ver o resultado das fotos e ficava louco de contente quando o chefe liberava a compra de um filme de 24 poses.

Hoje tirar foto ficou muito fácil com esses cartõezinhos de memória, tiram-se milhares de fotos e se confere na hora se ficou bom ou não. Mas, em compensação, passamos a ter um trabalho bem maior, porque tiramos várias fotos da mesma coisa, da mesma posição e deixamos para depois escolher dentre elas, mas vamos guardando tudo dentro do computador e vai ficando aquele amontoado de fotos com os quais não sabemos mais o que fazer e sempre que precisamos de uma específica, não vamos encontrá-la de jeito nenhum.

– Veja, Nascimento, entrou entre a quarta e a quinta. – Alfredo mostrava o local da perfuração que matara Lourdes.

– Fotografa aqui, por favor. – Puxara o corpo de Lourdes de lado e agora ela estava com a barriga para cima, com os braços estendidos para a frente, mas suas costas ainda apoiadas no corpo de Barnes.

– Chama o pessoal do IML e pede autópsia nos dois – ordenou Alfredo ao agente, solicitando uma varredura completa, enquanto fazia algumas anotações em seu caderninho.

Era daqueles detetives à moda antiga, aqueles dos filmes preto e branco, que usavam caderninhos para anotar suas perguntas e suas respostas, seus enigmas e suas soluções, suas deduções e conclusões. O agente o olhou de soslaio, isso era coisa que nem precisava ordenar, pois sempre que eles eram chamados era porque a necrópsia se fazia necessária e eles até hoje ainda discutiam se deviam chamar de necrópsia ou autópsia, mas isso era coisa para dicionário e estavam todos cansados e nem merecia discutir de novo o assunto.

– Do que ele morreu? – perguntava ao mesmo tempo a si próprio e a Nascimento, enquanto procurava alguma evidência em Barnes, porque seu corpo estava intacto, embora estivesse com as roupas empapadas do sangue quase coagulado.

– Talvez por baixo da roupa tenha alguma coisa. Fotografa aqui também – apontava Alfredo para a parte posterior da cabeça raspada de Barnes, onde se percebia algumas suturas, embora minúsculas.

– Mistério, meu amigo, mistério – disse Nascimento, que apenas apreciava o que estava acontecendo, movido pela curiosidade profissional, mas sabia que este era apenas mais um caso e que logo haveria uma solução pra tudo aquilo ali, até porque para tudo sempre há solução, só não há para a morte, mas aí é porque geralmente a morte já é a própria solução.

– Podemos despachar os "presunto", Doutor? – perguntou o agente, meio rindo, meio debochado, enquanto o pessoal nem esperou o assentimento e já se atarefava em colocar os corpos dentro de sacos pretos e depois nas macas para levá-los aos legistas tentarem diagnosticar o que ocorrera com aqueles infelizes que já não mais pertenciam a este mundo.

Praticamente jogaram os corpos nas macas, como se fossem mercadorias, meros sacos de batatas, já estavam tão acostumados a fazer aquilo e o faziam com tal naturalidade que dava calafrio só de ver. Alfredo estava absorto nas suas dúvidas.

Por que aquele médico matara sua namorada? E do que exatamente ele morrera? Será que tomara veneno? A autópsia revelaria, com certeza. Ao que tudo indicava aquele crime fora premeditado. Começava agora o difícil caminho de desvendar o que acontecera. Ah! Se pudesse penetrar na mente daquelas pessoas e extrair o registro de todos os fatos ocorridos. Copiar para um computador todas as informações e depois poder examinar todo o ocorrido. Será que haveria algum arquivo com esses registros? Talvez um dia isso ainda será possível. Alfredo era só reflexão.

– Doutor Bruno, o senhor sabe por acaso por que a cabeça do Doutor Barnes está raspada? Ele fez alguma cirurgia?

•

Nem ligar não liga essa droga, pensava Bruno.

Realmente não tinha como verificar nada, o micro não ligava. Bruno levou o notebook para sua sala, tivera o cuidado de não deixar ninguém ver que ele o surrupiara, não queria testemunhas, nem sonhava que por causa disso, de não querer testemunhas, é que Lourdes tinha morrido. Tentava ligar o computador, mas ele não dava nem sinal de vida, talvez tenha matado alguns dos arquivos do boot quando a rotina de transferência terminou e ele começou a autoapagar, e por isso não ligava.

O que Bruno entendia de computação era pouco, apenas para se virar, porque hoje todo mundo precisa saber um pouco e então achou mais prudente aguardar que algum técnico tentasse recuperar os arquivos que deviam estar lá dentro. Talvez tivesse sorte e conseguisse achar alguma coisa dentro daquele computador capaz de elucidar a questão e solver o enigma posto na sua frente, o que certamente lhe renderia frutos. Tinha também o pen drive que até agora não vira. É verdade, a coisa estava corrida mesmo.

Pensava com seus botões que não dava para levar para o conserto, porque o material que tinha ali dentro não poderia ficar à mercê de outras pessoas, ainda mais com um detetive rondando por aquelas bandas, era melhor conseguir técnicos que mexessem na máquina ali mesmo, no seu gabinete, e ele tinha como conseguir as pessoas certas para fazer isso, era só aguardar mais um pouco.

– Alô, Klein? Tudo bem, meu amigo?

Passava das oito e Bruno tinha pressa, estava excitado, mas tentava se controlar enquanto falava com o vice-reitor da área de Exatas.

– Um problema, Klein, um pequeno problema; é, não sei o que houve, mas matou todos os arquivos do computador, sabe como é, a gente não tem experiência.

– Não, sinceramente não gostaria que este micro saísse daqui, você me entende? Muitas coisas particulares, informações sigilosas, hoje em dia não dá para dar bobeira, sabe como é, né? Isso, um dos teus meninos aí, acredito que dá para recuperar tudo; sim, sim, fico aguardando. Ok, meu amigo, pois é, temos que tomar um vinho, né?

Respirou mais aliviado, o Klein era um amigão e volta e meia almoçava na casa dele, com toda a família reunida. *E tinha uma filha bonita que de vez em quando dava umas olhadas, hum, dava até para pensar em investir, sei lá. Mas isso podia esperar, agora temos coisas mais importantes a fazer.*

O hospital estava um alvoroço só. Era um tal de entra e sai, pessoas para tudo que é lado, imagine a bagunça, gente cochichando pelos cantos, meu Deus, não acredito, a Doutora Lourdes, tão boazinha, sério? O Doutor Barnes? Não, ele não faria isso. E aquela explosão? Os cochichos do povo faziam o número de mortos quadruplicar. Se levassem em consideração os buchichos, o número de mortos estaria beirando os cinquenta. Pelo jeito o dia hoje prometia ser bem movimentado.

– Doutor Bruno, o Doutor Rosney está na linha – avisou a secretária.

Era o Reitor, a polícia já deve ter conversado com ele.

– Sim, Doutor; não, Doutor, não falei nada não, disse que depois iríamos divulgar uma nota de esclarecimentos; sim, sim, foi seguido o protocolo; ok, obrigado, Doutor, até mais; sim, vou na reunião sim.

O rapazinho com a maleta já estava na recepção, Bruno mandou-o entrar. O notebook estava sobre a mesa de reuniões, parecendo uma pequena caixa preta, que na realidade nem preta era, mas que talvez encerrasse em seu interior todos os registros daquele malfadado desastre.

– Aqui está – disse Bruno, e talvez muitos mistérios começassem a ser resolvidos a partir dali.

Capítulo Décimo Quinto

Existe mesmo outro mundo?

– *Acordei?* Perguntou a si mesmo.

Começou a tomar consciência e a se perguntar se não estaria ressurgindo dentre os mortos, se aquilo não seria a outra vida, aquela vida eterna que buscamos nas religiões e todas elas nos afagam com a promessa de que um dia ressuscitaremos, desde a Mahabharata do bramanismo até a Bíblia do cristianismo, desde a Bhagavadguitá do hinduísmo até a Torá do judaísmo.

E todas nos incitam a brindar a esta nova vida, celebrando a incerta e incógnita eternidade que exigimos que exista, enquanto algumas brindam com vinho, outras brindam com pão, algumas com grãos, outras com fogo e Kardec nos brinda com nossa transformação em seres sutis e fluídicos, enquanto a Surata vinte e dois do Alcorão nos brinda com a promessa: "Deus ressuscitará aqueles que estiverem nos sepulcros". Barnes acordou, ressuscitou.

Cadê as trombetas e o coro de anjos? Estava consciente, conseguia pensar, parecia ter voltado de profunda letargia, era como se tivesse sido anestesiado, quanto tempo se passara? Acordamos e não sabemos exatamente quando acordamos ou qual o primeiro pensamento que assoma nossa cabeça.

Dormir e acordar é viver e morrer, porque quando dormimos não temos consciência e muitos esotéricos e holísticos nos ensinam que a vida é apenas um sonho, e que a morte seria o acordar, aliás, o próprio Cristo falou que um dia acordaremos para a vida eterna.

Acordara, estava vivo. Aleluia. Tentou ver onde estava, estranha sensação de ver sem ter olhos, sem ter corpo. Acima, muito acima, um céu de um azul escuro quase negro, onde faiscavam luzes, em rápidos e intermitentes brilhos, eram raios, como se riscassem aquele imenso espaço igual a cometas fulgurantes.

Na realidade, estava cercado por aquele céu quase negro e por aquelas luzes que viajavam piscando. Algumas passavam bem próximo, outras longínquas, eram milhares e mais pareciam uma cidade à noite, vista de avião, com luzes grandes e luzes pequenas, amarelas e brancas, mas em movimento, sempre em movimento, sempre acendendo e apagando, ligando e desligando, enviando aqueles sinais luminosos que passavam rapidamente por ele, como foguetes luminosos que riscavam rapidamente o céu.

Então começou a perceber que estava no meio de um entrelaçado de cabos pulsantes, e eles se remexiam, igual às serpentes e nas suas cabeças é que faiscavam aquelas luzes, e os cabos vinham de todos os lados e se fundiam nos entrelaçamentos e formavam as cabeças, e Barnes só os conseguia ver quando se acendia aquela fagulha de luz nas junções, eles passavam por aquele ponto e corriam para a frente em direção ao azul-negro, sempre em lampejos ígneos e sempre rápidos. E esses cabos desciam e formavam um grosso amontoado e sumiam na imensidão daqueles raios e trovões musicais.

E ali estava ele, como se cercado pelo nada piscante e por aqueles imensos cabos avermelhados e quase transparentes, túrgidos de sangue, num vermelho carmim iluminado, a tremeluzirem suas rápidas centelhas faiscantes.

Caiu em si, *aquilo era um cérebro, o cérebro de Alexandre*, e estava presenciando o que ocorria ao seu redor e aqueles pontos luminosos eram as sinapses que ele tanto estudara, que se estimulavam elétrica e quimicamente, e os cabos eram os neurônios e agora podia ver exatamente como ocorria a transmissão sináptica, exatamente quando o axônio chegava próximo dos dendritos e liberava os neurotransmissores, ligando os receptores.

Meu Deus, agora via como tudo funcionava, isso era um espetáculo indescritível, muito mais lindo que os fogos de artifício que disparavam nas viradas de ano. Agora sabia exatamente como fazer a ligação dos dados sensoriais na rede neural e onde captá-los para a transformação em arquivos.

Pensou em como tinha muito trabalho pela frente. E se deu conta da música, ah, aquela música, aquela sinfonia divina que escutava nos arquivos, aqui era mais divina, era indescritível, era como se fossem milhares de vozes cantando a uma só voz, e ele era parte dessa música, ele era também um instrumento dessa orquestra e qualquer nota que ele tocasse automaticamente mudava toda a sinfonia, porque não havia forma de cantar sozinho, e era como se todos dissessem a ele o que cantar.

Era como uma revoada de pássaros, na qual todos voam na mesma direção, mas cada qual faz seu caminho e ninguém lhes diz para onde seguir e se um deles muda o caminho, todos também mudam, mas sempre vão na mesma direção.

Em milésimos de segundo, tomou consciência de que ele próprio era um daqueles pontos luminosos e era também uma das notas daquela sinfonia, ou seja, era também uma sinapse naquele emaranhado de neurônios faiscantes, fazia parte daquilo tudo.

Não, não apenas uma sinapse, mas várias delas, aliás, todas, mas ao mesmo tempo nenhuma delas. Ele era o todo e ao mesmo tempo o nada, o vazio. Era uma única sinapse e ao mesmo tempo era a soma de todas, ou melhor, ele era a consciência da existência destas sinapses e agora sabia o que o padre queria dizer quando falava que a santíssima trindade eram três em um só.

Vinham todas as luzes na sua direção e se integravam a ele e ele era a luz também e cada sinapse que se integrava a ele gerava nova luz, nova sinapse, e ele estava junto de todas as luzes, conseguia ser cada uma delas, mas era também o aglomerado delas. Então percebeu que a música era a própria luz e a luz era a música, as duas eram uma única coisa e já não conseguia explicar, pois elas apenas eram. Eram, estavam, existiam...

Eu sou o alfa e o ômega, o princípio e o fim, eu apenas sou e estou e a música era por demais divina.

Era lindo estar ali, a sensação era maravilhosa, era como se estivesse na eternidade que tanto sonhara, a sensação de ser parte daquelas centelhas de vida sinfônicas, que se fundiam e se esvaíam aos milhões ao seu redor, era divina e agora Barnes realmente se sentia eterno, transformado que estava em uma couraça de luz, um Dom Quixote fulgurante a empunhar espadas de neurônios faiscantes.

"Vós sois a luz do mundo", gritava o pastor esganiçado, e Barnes, ainda criança, se encolhia de medo no banco da igreja porque temia as imensas labaredas de fogo do apocalipse que cairiam sobre a terra e destruiriam todas as criaturas, uma nova Sodoma e uma nova Gomorra, segundo a gritaria do esquálido pastor-profeta apocalíptico, "porque todos pecamos e destituídos fomos da glória de Deus", nos diz a escritura, então estamos mesmos ferrados, porque as labaredas de fogo estão vindo na nossa direção.

Começou a sentir medo agora, um imenso pavor, porque começou a perceber que algumas luzes que vinham na sua direção eram diferentes, eram ameaçadoras. Não conseguia saber, mas ao mesmo tempo percebia que não estava sozinho ali, embora apenas sentisse. Estava apavorado e não sabia o que fazer. Foi quando ouviu o grito apavorante:

– Tira isso de dentro de mim! – ecoou o grito por toda a UTI.

Era um grito pavoroso, que maculava o silêncio do hospital com seu horrendo som, parecendo fazer tudo parar naquele pequeníssimo intervalo de tempo em que ficamos hipnotizados e ficamos pasmos e nem sabemos o que fazer.

– Tire de dentro de mim! – gritava Alexandre, e se debatia, arrancando as mangueiras de soro, derrubando tudo o que era aparelho ao seu redor. Estava transtornado e repetia, sempre gritando: – Tire isso de dentro de mim! Tire de dentro de mim.

– Socorro aqui, socorro! – gritou a enfermeira, e já estavam correndo para segurar Alexandre, que se debatia feito louco, aliás, devia mesmo estar louco, ele era forte e precisou uns três homens para segurá-lo.

Os olhos esbugalhados, a cabeça raspada luzidia e a baba escorrendo do canto da boca estampavam um quadro de horror inimaginável naquele rosto antes tão belo, era um pavor indescritível estampado naqueles olhos, como se algum demônio tivesse se apoderado dele e a enfermeira sentiu pena enquanto lhe aplicavam o calmante. Aqueles olhos buscavam os da enfermeira com ansiedade e imploravam por clemência, enquanto da boca espumenta saía a balbúcie: tire isso de dentro de mim.

Barnes via pelos olhos de Alexandre, sentia por meio do corpo de Alexandre e escutava pelos ouvidos de Alexandre e aquela cena horripilante também lhe arrepiava, e agora, mais do que nunca, se sentia o verme dentro do hospedeiro, devorando suas entranhas, mas sem poder dirigir seu destino, tendo apenas de se contentar em ser mero expectador.

Nunca tinha lhe passado pela cabeça que o verme não consegue dominar o hospedeiro, sempre fica refém deste, apenas se alimenta de suas vísceras, mas não pode dirigir os seus passos. Via os enfermeiros segurando Alexandre enquanto este se debatia, estava ali e estava horrorizado naquela sensação de impotência, de nada poder fazer. Ele e Alexandre estavam juntos numa mesma vida, dentro do mesmo corpo, disputando o mesmo espaço-tempo e Barnes era Alexandre, fazia parte dele, mas sentia que Alexandre não era completamente Barnes.

Foi quando começou a perceber que estava aprisionado dentro daquele cérebro.

Capítulo Décimo Sexto

Qual o endereço de Barnes?

– Não acredito! – gritou Tatiana, e começou a chorar.

Largou-se sobre a mesa e deixou-se ficar tão abestalhada quanto qualquer um de nós ficaria quando recebe uma notícia destas. Não acreditava que isto realmente tivesse acontecido.

– Não acredito! – soluçava entre as lágrimas que banhavam seu rosto – Não acredito... – A mão da amiga afagava seu ombro, justamente no lugar onde havia aquela tatuagem de uma borboleta com as asas semiabertas, borboleta que James tanto gostava quando a afagava. Seus cabelos esparramavam-se sobre a escrivaninha e a amiga a tentava consolar passando os seus cabelos entre os dedos delgados, como se os estivesse penteando.

Tatiana estava realmente desconsolada. Apesar de frívola e dissimulada, também tinha sentimentos e o que sentia por James poderia muito bem ser caracterizado como um sentimento de amor. Talvez não se possa chamar isso de amor, porque o amor em sua essência exige que o outro se prenda e se doe de corpo e alma, "numa doce exigência com uma doce entrega", como cantam os poetas, e Tatiana não era mulher de se prender a alguém, mesmo a James. Mas o tempo, senhor dos destinos, fez criar entre eles um grande sentimento de partilha e apesar das "fugidas" de Tatiana, as quais ela justificava como sendo "*business*", desprovidos de qualquer sentimento, seu instinto de mulher lhe mostrava que estava chegando a hora de assumir aquele romance mais a sério.

Mas não esperava que seus sonhos e devaneios sofressem tão brusco golpe, golpe extremo que colocava por terra seu futuro. Tatiana, na realidade, não esperava que as ameaças de Barnes pudessem se concretizar em tão curto espaço de tempo. Aliás, nem acreditava que elas pudessem realmente se concretizar.

Desde o começo não dera muito crédito ao que James falava quanto às tais ameaças, pois as analisava como algo longínquo, talvez não impossível de acontecer, mas com aquela dubiedade de algo que pudesse ficar apenas no campo da ameaça verbal. Jamais lhe passou pela cabeça que esse risco que James dizia correr pudesse representar sua morte e, por consequência, a morte dos sonhos que ultimamente ela vinha alimentando.

Agora estava ali, ouvindo a notícia de que James morrera numa explosão e ninguém lhe tirava da cabeça que fora Barnes o autor desta tragédia.

O que fazer agora? Pensava, entre lágrimas. Teria que repensar sua vida. Estava completamente perdida, os seus sonhos de casar com James se foram e rapidamente as imagens dos momentos bonitos que passaram juntos começaram a evocar seus pensamentos.

Precisava pensar, precisava falar com a polícia, contar o que sabia, entregar aqueles arquivos, malditos arquivos, agora lembrava que tinha entregado a Bruno. Falaria com ele, sim, Bruno teria que devolvê-los, estava disposta a tudo naquele momento, mas queria saber o que levara Barnes a matar James, iria na casa dele, isso mesmo, talvez lá encontrasse a chave daquele mistério, teria que ir logo.

– Você pode ir para casa – falou a amiga, tirando Tatiana dos seus devaneios.

– Sim, vou ver se consigo falar com alguém da família – respondeu Tatiana, agora já mais recomposta, mas com os olhos ainda inundados pelas lágrimas, o que lhe dava um aspecto ainda mais belo, fazendo o azul de seus olhos resplandecer com mais intensidade.

– Obrigada, querida, muito obrigada. – Tatiana dispensava os préstimos da amiga tentando ser gentil, pois precisava reatar o fio da meada de seus pensamentos. *O endereço do Barnes, onde será o endereço desse verme? Melhor ligar para a telefonista, com certeza ela saberia ou indicaria quem soubesse*, pensava, eufórica.

– Dóris, tens como me passar o endereço do Doutor Barnes? – tentou fazer a voz soar o mais natural possível. – É a Tatiana.

– Oi, Tati, não tenho aqui, mas vou te passar para o setor. – respondeu uma Dóris meio nervosa.

Tatiana estranhou a reação de Dóris, geralmente ela perguntaria como estava, falariam de alguma fofoca do campus e certamente já sabia que James havia morrido. Nem lhe perguntara nada. Estranho.

– Algum problema? – perguntou Tatiana, já desconfiada de que algo não estava se encaixando naquela história.

– Não posso falar agora, depois te explico, tem muita gente aqui. Vou te passar. Beijo. – Tatiana aguardou na linha tentando decifrar o que estava ocorrendo. Não gostava de surpresas e acreditava que Dóris tivesse o endereço. Já estava ficando um pouco apreensiva quando uma voz de homem atendeu:

– Pois não? – Tatiana na mesma hora sentiu que não devia ter feito aquela ligação. Sua intuição lhe disse que alguma coisa ocorrera, algo estava errado, só não sabia o que era.

– Eu preciso do endereço do Doutor Barnes – falou meio titubeando.

– A senhora é parente dele? – perguntou a voz incisiva do outro lado.

– Não, não, apenas conhecida. Eu trabalho aqui na universidade... – realmente Tatiana estava sem saber o que fazer, como justificar a razão de querer aquele endereço.

– Sim, a telefonista falou. Aconteceu alguma coisa? – a voz não lhe dava tempo para pensar.

– Não, nada não, apenas queria conversar com ele. – Tatiana tentou parecer o mais dissimulada possível.

– Sabemos que seu namorado faleceu hoje, ele era amigo do Doutor Barnes? – *Aquela voz estava bem informada, era provável que Dóris tivesse repassado todos os detalhes quando passou a ligação. E qual a razão de estarem tão interessados?* Pensou Tatiana.

– Sim, faleceu, ele era amigo sim.

– Senhora Tatiana, eu sou o detetive Alfredo, sinto informar que o Doutor Barnes também faleceu. A gente podia conversar um minutinho?

Tatiana gelou. Até queria ir à polícia denunciar o maldito Barnes, mas ainda era cedo, precisava se armar primeiro. E agora lhe diziam que ele estava morto.

Meu Deus, será que não foi Barnes quem matou James? Uma terrível dúvida lhe passou pela cabeça: *será que Bruno não matou os dois?*

Desligou o telefone e olhou ao redor para ver se alguém estava ouvindo. Não estavam, as duas colegas estavam entretidas com as últimas fofocas da universidade: um casal de médicos do hospital havia se matado, por certo coisas do amor, crime passional, essas coisas. Vá entender o que se passa na cabeça das pessoas.

Tatiana ainda não acreditava no que tinha ouvido. Não era só James que havia morrido. Barnes também morrera.

Quem poderia ter matado os dois? A quem interessava a morte deles? Tentava encontrar alguma alternativa que não fosse Bruno, mas não havia. Era terrível, mas era verdade: Bruno tinha descoberto algo naqueles arquivos e matara os dois, então...

Não, não podia ser, ele não faria isso, pensava, aturdida. De todos que sabiam dos arquivos, só restava ela, os outros estavam mortos. Bruno a mataria com certeza.

Tatiana saiu de mansinho, sem que fosse percebida. Talvez até estivesse cometendo uma loucura, mas ainda não era hora de falar com a polícia. Era hora de fugir.

Capítulo Décimo Sétimo

Quem matou Barnes?

– Isso é maravilhoso! – exclamou Bruno, fascinado.

Estava contemplando os arquivos que Tatiana tinha lhe dado, os arquivos que James conseguira surrupiar de Barnes e não podia acreditar no poder que eles exerciam. Deixava-se ficar contemplando aquela cadeia de números e letras que lentamente caíam pelo monitor, como se estivessem se esparramando docemente e que pareciam querer puxá-lo para dentro, num canto doce, numa sinfonia divina, como o canto das sereias que tentaram enfeitiçar o guerreiro Ulisses após derrotar a cidade de Troia.

Foi por este feitiço que James e Lourdes foram mortos e por ele que Barnes cometeu aquela loucura. Mas agora Bruno percebia que havia uma lógica na ilógica da situação, percebia que havia uma força estranha naquela melodia, superior a qualquer coisa que conhecia e que fazia qualquer um perder a razão. Aquilo era como uma droga, um poderoso entorpecente, que se imiscuía no cérebro e roubava a razão, deixando a pessoa sedenta, sequiosa, sempre querendo mais e mais, sendo arrastada docemente para o turbilhão do perigo.

O canto da sereia realmente existia, pensava Bruno. Estava em casa, uma taça de vinho do Porto, fascinado pelo indescritível poder de sedução daqueles arquivos. Logo ele, tão cético, tão pragmático, deixando-se entorpecer por algo que não sabia ao certo o que era, mas que era real, diferente de tudo o que conhecia.

Seria o poder dos arquivos? Seria o entoar da música? Ou seria o Porto que estava embaralhando seus pensamentos?

Não tinha conseguido muita coisa no notebook do Barnes. Tinha grande esperança de conseguir desvendar o mistério, saber o que realmente Barnes pretendera fazer, mas aquele computador fora seriamente avariado, os arquivos haviam sido apagados e sobrescritos, de forma a não permitirem qualquer recuperação. Barnes realmente não queria deixar provas.

Se bem que o técnico, apesar de novinho, tinha feito um excelente trabalho. Fora meticuloso ao extremo, conseguira recuperar algumas coisas, mas nada mais eram do que fragmentos de arquivos, alguns de texto, outros de áudio, eram planilhas de gastos de pesquisas, descritivos de experiências, páginas de internet salvas, mas nada que pudesse solucionar aquele mistério.

Uma decepção, uma grande decepção, pensava.

Resolveu ir para casa, mais para descansar em razão do turbilhão de acontecimentos que se desdobraram desde a madrugada e resolvera dar uma espiada naqueles arquivos. Agora estava ali, fascinado por eles, ouvindo aquela sinfonia divina, presenciando aquela dança negra serpenteante, enquanto ao longe soava uma campainha, que ia aumentando mais e mais, parecia um celular, isso mesmo, era um celular, o seu celular estava tocando.

– Sim... – falou após estender e clicar e atender, levando-o ao ouvido, mas sem tirar os olhos da tela.

– Bruno, preciso falar contigo, é urgente. – Era a voz de Tatiana e realmente denotava urgência.

Havia um acordo entre ambos para evitar ao máximo se falarem. Não haviam conversado nada a respeito, mas esse acordo velado subsistia há muito tempo, eram regras de conduta que os dois sempre respeitaram. Para ela lhe ligar devia estar acontecendo algo diferente, algo urgente. Se bem que naquele dia tudo era algo diferente, tudo era algo urgente, loucura, muita coisa já havia acontecido.

– Soube que Barnes morreu e a polícia quer falar comigo. – A voz dela era de medo, enquanto Bruno escutava indiferente, seus olhos não se desgrudavam da tela rodopiante de letras e números, tela cativante, música que lhe prendia a atenção.

– Não tenho nada que falar contigo – respondeu um Bruno lacônico.

Não tinha mesmo, afinal Tatiana era bela e carinhosa, mas era apenas um caso, e um caso descartável, até porque ele tinha tantas meninas. Seu principal objetivo agora era descobrir o que levara Barnes a fazer o que fez e quando abriu os arquivos, começou a perceber que aquele fascínio que emanava daquela tela tinha algo a ver com isso.

Mas Tatiana tinha medo, muito medo. Tentava sondar Bruno para se certificar o que ele pretendia dela, se ela corria perigo ou não.

– Você tem os arquivos e a polícia vai querer descobrir o que eles têm...

Opa, aí a coisa começou a ficar perigosa. Bruno sentiu a ameaça acompanhada de um leve calafrio, sentiu que Tatiana poderia ser perigosa.

O que será que ela estava querendo dessa vez? Melhor seria tentar ganhar tempo, não estava disposto a ter a polícia em seu encalço, até porque alterara o local, escondera provas e agora começava a se dar conta de que corria perigo, podia ser incriminado pelo que fizera.

– Tatiana... – Bruno tentou suavizar a voz o máximo que pôde – aconteceram muitas coisas hoje e por isso não posso falar contigo. Estou muito cansado.

– Fui na sua sala e você não estava – disparou Tatiana. – Você está fugindo por quê? – A pergunta surpreendeu Bruno.

– Não estou fugindo de nada, só estou querendo descansar um pouco – falou com os olhos fixos naqueles caracteres na tela negra que serpenteavam na sua frente e que pareciam gritar que corriam perigo, que precisavam ser preservados, pareciam a essência da vida e precisavam ser protegidos a qualquer custo. Bruno começou a ter a estranha sensação de que falavam com ele e pediam sua proteção e lhe diziam que Tatiana era uma ameaça à sobrevivência deles.

– Você matou James e Barnes! – gritou Tatiana, com voz agora descontrolada. – Por isso está fugindo.

Meu Deus, ela está transtornada, pensou Bruno, e começou a ser tomado pela estranha sensação do perigo que Tatiana representava para ele. Até agora não tinha se dado conta dos riscos que estava correndo. Mas a sensação pior que estava tendo era do perigo que ela representava para aqueles arquivos pulsantes.

Começou a sentir pânico e a muito custo conseguiu tomar pulso da situação.

– Escute, Tatiana, eu não matei ninguém. – Tentava dar uma inflexibilidade calma à voz, para não irritá-la. Nesta hora os cursos de relações humanas faziam toda a diferença e sabia que tinha de acalmá-la, sob pena de comprometer seu projeto. Deu-se conta então que agora já tinha um projeto e esse seu projeto era continuar com aquelas pesquisas, desvendar aquele fascínio exercido por aqueles arquivos, sentindo uma indescritível vontade de mesclar-se a eles, tornando-se um só, deixando-se conduzir pelo hipnótico dançar daquela tela.

– Acredito que Doutor Barnes se suicidou – continuou – e o James eu soube que morreu numa explosão. Você está muito abalada com tudo isso e eu também. Vamos descansar e, se você quiser, amanhã conversamos, pode ser?

A calma com que Bruno falou parece ter surtido efeito sobre Tatiana, que agora já não tinha tanta certeza que Bruno realmente matara os dois. Agora parece ter percebido que Bruno não a mataria, parecia se sentir mais confortada.

Ou não? Pensou. Aprendera a sempre desconfiar de tudo, principalmente quando não estava na frente da pessoa, olho no olho.

– Eu quero conversar contigo sim – falou mais calma. – Quero esses arquivos de volta! Senão vou à polícia. – Embora mais calma, a voz dela continuava taxativa.

E ele sabia que ela fazia o que prometia. Pela cabeça de Bruno começou a passar uma estranha ideia, Tatiana estava atravessando seu caminho e era capaz de criar obstáculos ao seu projeto. E a partir de agora o projeto não poderia parar. Algo precisava ser feito. O negro da tela, com os caracteres serpenteando, implorava proteção a Bruno. Convertera-se em tutor daqueles arquivos.

– Amanhã vamos conversar ao meio-dia, pode ser? – falou com uma calma gélida que até mesmo ele estranhou. Algo mudara em seu interior. Pena que Tatiana não tinha como ver o estranho brilho em seus olhos. Ela realmente corria perigo.

Capítulo Décimo Oitavo

O segredo de Rosemary

– Não fui eu, não fui eu! – gritava Rosemary quase histérica.

Tinha as mãos amarradas com uma espécie de borracha pegajosa, toda branca e maleável, e quanto mais ela puxava as mãos, mais elas se afundavam naquela borracha tipo silicone meio líquido e aquilo parecia que ia também tomando seus braços, era horrível, pois quanto mais ela se debatia, mais aquilo ia lhe prendendo e seu corpo ia sendo enlaçado por aquela borracha. Eram tubos muito finos e ela começou a perceber que eram aquelas borrachas amarelas de látex do próprio hospital, aquelas que ela mesma usava quando tirava amostra de sangue dos pacientes.

Estava deitada e sobre seu rosto aparecia outro rosto disforme, distorcido, como se estivesse fora de foco, parecia até um alienígena e era enorme. Ele não falava nada, mas Rosemary sabia que ele queria saber a verdade, não a verdade que ela sabia, mas a verdade que ele achava que era verdade. Ela estava tomada de pânico e ninguém acreditava nela, pois havia muitos deles e queriam obrigá-la a dizer o que eles queriam. Estavam todos de branco e vinham, um por um, próximos do rosto dela e a olhavam com aquele olhar distorcido e ela então gritava de pânico, enquanto ela gritava, eles riam, uma risada sinistra e eram todos do hospital, mas ela não conseguia reconhecê-los porque via tudo nublado.

Então sentiu a mão de um deles agarrando seus cabelos e colocando-os de lado e viu a outra mão vindo em sua direção e começou a receber pancadas no seu couro cabeludo, e ele bateu uma vez e mais uma e mais uma, parecia tudo oco, sentia apenas o toc toc toc e era como se sentisse que ele estava batendo numa porta, a porta, é isso, estavam batendo na porta.

Quem será que está batendo na porta? – acordou sobressaltada.

Olhou desconfiada para cima, procurando saber onde estava e se deu conta que estava em seu quarto, e ainda se restabelecia do pesadelo quando novamente bateram à porta.

Consultou o relógio, já passavam das duas da tarde, não conseguira dormir tranquila depois do que presenciara no hospital e já não sabia se o pesadelo fora maior em casa ou lá no hospital. Atendeu a porta.

– Boa tarde, desculpe incomodá-la, sou o detetive Alfredo. Podemos conversar um minutinho?

– Eu não sei de nada – falou uma Rosemary de coração trêmulo e olhos medrosos.

– Não tem problema, é rápido e a senhora só fala o que sabe. – Alfredo sabia como arrancar informações e logo percebeu que Rosemary entregaria o jogo fácil, fácil. Coitada, era ingênua demais.

Ele meio que forçou a entrada e ela deu passagem na porta, temendo aquele homem de olhar frio e penetrante, como se já soubesse que não conseguiria esconder as coisas que o Doutor Bruno lhe pedira para não falar, pedira para esconder.

– Dona Rosemary, é isso, né? – perguntou um Alfredo muito à vontade, puxando a cadeira e sentando-se à mesa da cozinha, na qual uma toalha de plástico repousava, com pinturas de morangos e mangas e kiwis cortados ao meio e outra infinidade de frutas tropicais, algumas cortadas e outras inteiras, mas todas brilhantes e todas parecendo convidar a visita a saborear seus sabores.

– A senhora trabalha há quanto tempo no hospital? – perguntou já sabendo a resposta, mas querendo apenas deixá-la à vontade, para colher depois o que lhe interessava.

– Quinze anos – respondeu Rosemary, tentando ser lacônica, na esperança de não desobedecer o Doutor Bruno.

– Muito bem, então a senhora conhece bem o hospital, como ele funciona... – Alfredo não completou a frase intencionalmente, esperando que ela se manifestasse.

–Sim, conheço – falou Rosemary.

– E o que aconteceu hoje lá? A senhora pode me contar?

Rosemary parecia adivinhar que ele ia perguntar isso. E se deu conta de que estava ansiosa para contar para alguém o que tinha ocorrido. Contou que estava medicando os pacientes, que o velho Fred aprontara de novo e sujara toda a roupa de cama, que ele não usava fraldas porque a família não trazia, decerto porque eram pobres e o hospital atendia pobres e ricos, mais pobres do que ricos, e nessa parte Alfredo pediu para ela pular porque era entediante, mas ela continuou a contar como se estivesse conversando com as comadres nas tardes de domingo.

Contou que a roupa de cama fedia muito, que ele devia ter comido alguma coisa que fizera mal, podia até ser uma comida estragada. A cozinha às vezes não acertava na comida dos pacientes, mas não adiantava reclamar porque eles não davam bola, e novamente Alfredo pediu para pular estes comentários, mas Rosemary parecia precisar ser fiel à história, talvez porque temesse perder o fio da meada e na realidade era a primeira vez que estava falando sobre aquilo, e aquilo mexera muito com sua cabeça, e agora começou a desandar a falar e não parava mais, tinha muito medo porque não conseguia compreender como duas pessoas tão estudadas puderam fazer aquilo, parecia coisa de satanás e ela até estava querendo ir à igreja naquela noite pedir uma benção especial e uma corrente de oração, porque as forças do mal são poderosas, mas para isso precisava levar uma contribuição e o pagamento ainda não saíra. E então Alfredo resolveu não intervir por enquanto e ela falava sem parar, era uma torrente a despejar suas palavras e parecia que agora não tinha mais freio, e ela gostava muito do Doutor Barnes, ele era muito inteligente, mas gostava bem mais da Doutora Lourdes, era um amor de pessoa, muito delicada, muito amorosa, ela merecia um amor melhor, porque o Doutor Barnes era muito quieto e reservado, mas quem era ela para opinar, porque o pastor sempre dizia para não opinar sobre quem não se conhece e para não falar muito e devia mesmo era falar com Deus em oração.

Caiu em si, olhou para o detetive como a pedir aprovação de tudo o que dissera e percebeu que ele não prestava muita atenção, ela já falara muito, mas para Alfredo ainda não dissera nada que fosse interessante. Mas ele a incentivou:

– Então a senhora levou a roupa de cama para onde?

Rosemary novamente desandou a contar o que ocorrera. Na realidade, ela estava no quarto da dona Edite e escutou o barulhão, porque antes tinha trocado as roupas de cama do velho Fred porque, como ela tinha falado, ele fizera uma sujeira danada, mas ela tinha deixado tudo lá, tudo amontoado para pegar depois, mas então, com o barulho, voltara no quarto dele e ele estava todo enrolado com as mangueiras e soros e tudo o mais, e ela arrumara ele certinho, mas aquela roupa suja fedia demais, então ela resolveu não esperar o pessoal da limpeza, ela mesma ia levar para o expurgo, para o pessoal lavar ou jogar fora, porque achava desumano deixar ele lá assim com aquela roupa suja, fedendo daquele jeito, era muito desumano mesmo, coitado dele, quase ninguém aparecia por lá para vê-lo, e não tinha porque deixá-lo cheirando aquele fedor daquele jeito, nem sabia se ele tinha família grande...

Alfredo olhava para Rosemary como se estivesse interessado no que ela contava. Noventa e nove por cento daquilo não tinha a mínima importância, mas ele sabia que quanto mais a deixasse falar, mais ela contaria detalhes que poderiam passar despercebidos a outros, mas não a ele, veterano em pinçar o inconsciente humano.

Então ela levou aquele amontoado de lençóis fedorentos para o expurgo e tinha que passar na frente da UTI, porque os quartos que ela cuida são na pré-UTI e estava muito quieto por lá, e ao lado da UTI tem uns anexos e logo na frente tem um expurgo, e eles usam os anexos para cirurgia, mas geralmente não usam, só em casos de emergência e ela achou estranho ter luz acesa naquelas salas de cirurgia, porque era muito tarde, era de madrugada...

– Tem ideia mais ou menos do horário? – perguntou Alfredo, interessado.

– Olha, Doutor, devia ser umas cinco da manhã quando eu vi, então eu fiquei abismada porque a porta estava meio aberta e eu larguei o monte de lençóis sujos e resolvi ver o que estava acontecendo, olhei e vi os corpos deles um por cima do outro, na hora não vi direito, mas depois vi bem o que era e eu quase dei um grito. Era terrível, eu não sabia o que fazer e liguei para o Doutor Bruno, que veio correndo e ajudei ele a tirar os...

Parou bruscamente e sequer percebeu o quase imperceptível brilho nos olhos de Alfredo. Enrubesceu, pois teria que mentir e não sabia mentir. Ficou parada, olhar suplicante para Alfredo, querendo que ele não lhe questionasse mais nada, que não a obrigasse a falar o que estava proibida de falar. Ela apertava as mãos nervosamente e era nítido o desespero que sentia.

Dava até pena, pensou Alfredo, mas não podia deixar-se levar por qualquer sentimento que não fosse o de dever cumprido. Olhou para o teto, como se isso fosse a coisa mais desinteressada do mundo, e falou casualmente:

– Tirar os outros corpos...

– Não, os fios – emendou rapidamente Rosemary, logo se dando conta de que falara demais, caíra na cilada armada pelo detetive. Começou a chorar, a princípio levemente, mas foi evoluindo para um choro convulsivo, que lhe sacudia todo o corpo. Tampava o rosto com as mãos, mas as lágrimas escorriam por entre seus dedos e pingavam pelo chão.

Alfredo realmente sentia pena dela, mas sabia que nestes casos isso é perfeitamente normal, pois ela fora submetida a um choque muito grande e somente agora as reações estavam aparecendo. Ficou olhando para o teto, esperando, com a maior calma do mundo, que o choro acabasse, como se estivesse alheio a toda esta situação.

Aquele choro amargo, convulsivo, foi lavando a alma de Rosemary, foi tirando um peso do seu coração. Aquelas nuvens negras que pairavam sobre ela foram sendo carregadas pelas lágrimas que escorriam de seu rosto. Aos poucos seu choro foi diminuindo, até ficar segregado a pequenos soluços, que se amainaram suavemente. Ela ainda permanecia com o rosto encoberto pelas mãos, os cabelos caídos sobre ele, estava muito envergonhada e não queria tirar as mãos do rosto. Mas começou a perceber o quanto aquele choro lhe fizera bem, estava bem mais calma agora e um enorme peso havia saído de dentro de si.

– Sabe, Doutor – tentou corrigir –, ajudei o Doutor Bruno a arrumar a bagunça que estava ali...

– Onde estavam os fios? – a pergunta de Alfredo foi desconcertante, certeira e não admitia tempo para pensar.

– Uns fios, Doutor, uns fios de umas máquinas. – Rosemary torcia as mãos desesperada. Já não sabia mais quanto tempo resistiria àquele ataque. Sentia-se como uma isca viva atirada no meio das piranhas, era atacada por todos os lados e não conseguia se livrar de todas. Por mais que esperneasse, chegaria a hora que sucumbiria, pois o ataque era voraz e iminente.

Alfredo sentia a mesma coisa, só que ele era a piranha que atacava, era o predador que se lançava contra a presa e agora pressentia a hora do ataque final, do tiro de misericórdia. Resolveu atacar sem dó nem piedade:

– Dona Rosemary, tudo que a senhora falar aqui vai ficar entre nós e vai nos ajudar a resolver esta questão. Mas se a senhora tiver que se explicar para a justiça, aí a coisa pode ficar feia. Não tente ficar protegendo os outros, porque ninguém vai proteger a senhora.

As palavras de Alfredo calaram fundo em Rosemary. Eram como espinhos que iam sendo espetados em sua carne, *como os pregos com que pregaram Jesus*, pensava, e isso doía demais e ela já não aguentava mais a situação e começou a perceber que a única forma que tinha de escapar daquilo tudo era justamente falar o que sabia. Aliás, se fosse necessário, falaria até o que não sabia, a exemplo do que acontece com os torturados, porque a dor, física ou moral, nos leva a um estado tal que falamos o que não sabemos e fazemos o que não queremos.

– Não sei do que o senhor está falando – tentou ainda se justificar, mas as palavras saíram balbuciadas e o olhar penetrante de Alfredo rompeu qualquer resistência, derrubou toda e qualquer barreira e Rosemary percebeu que já não possuía qualquer controle.

– Que fios eram esses? – perguntou Alfredo.

– Não sei, Doutor, não sei, eram uns fios de nylon, nem vi direito. – Realmente Rosemary nem se deu conta de olhar com detalhes a cena do crime. Mesmo acostumada a ver morte e sofrimento ao seu redor, aquilo tudo parecia surreal demais, coisa do capeta, e ela nem queria olhar. Por isso não tinha como dar detalhes precisos.

– Mas eles estavam ligados no quê? – perguntou Alfredo, que agora apenas colhia os frutos de sua condução psicológica sobre Rosemary.

–Tinha um computador, Doutor. Ligado na cabeça do Doutor Barnes. Era um notebook, estava se apagando, apagando os arquivos, dava para ver na tela e eu desliguei. Minha filha tem um desses e sempre trava e precisa ficar apertando na tecla para desligar e eu fiz a mesma coisa, achei que o Doutor Barnes ia viver, porque ele estava se debatendo e o computador se apagando, por isso desliguei.

– Sabe onde está o notebook?

– Não sei, acho que o Doutor Bruno pegou.

Alfredo resolveu dar a última cartada. Olhou fixo nos olhos de Rosemary e perguntou à queima-roupa:

– Quem mais estava na sala?

Rosemary tentou disfarçar, mas não sabia mentir. Seus olhos realmente não sabiam mentir e Alfredo leu isso neles. Na verdade, já havia percebido há muito tempo que Rosemary era uma pessoa pura demais para conseguir engendrar qualquer dissimulação. Seu coração era como se fosse transparente. Não respondeu, mas disse tudo naquele olhar que não conseguiu confrontar com o do detetive e logo os baixou.

– Quem era? – perguntou Alfredo.

– Não sei direito, era um paciente da UTI, um rapaz novo, acho que era Alexandre, mas o Doutor Bruno tirou ele dali.

– Estava vivo?

– Parece que estava. Pelo menos o eletro tinha pulsação.

– Doutor Bruno falou por que tirou ele dali?

– Não, Doutor Bruno não falou, só disse que era melhor tirar dali, levaram para a UTI, tinha fios na cabeça dele, tinha fios na mão da Doutora Lourdes, eles costuraram as cabeças, fizeram as suturas. Eu só fiz o que mandaram, Doutor, é tudo o que sei... – balbuciava Lourdes.

Alfredo já tinha vários elementos, embora nada se encaixasse. Rosemary não sabia muita coisa, mas ajudara bastante.

O que tínhamos agora? Um notebook sumido, um paciente escondido e um monte de fios de nylon, além de dois corpos que se entrelaçavam numa morte não esclarecida, na qual faltava um assassino.

Sim, quem matou Barnes? Aqui parecia se concretizar aquela velha piada: um tinha matado o outro. Será que o outro tinha matado o um? Para um detetive cético, inflexível e pragmático como Alfredo não há meio termo. Se existe uma vítima, existe um assassino, e ponto final.

Despediu-se e saiu. A brisa da tarde trouxe um novo alento sobre seus pensamentos. O interessante da vida é que quanto mais respostas obtemos, mais dúvidas nos surgem. *Isto casa muito bem com a profissão de detetive*, pensou, porque saiu da casa de Rosemary com mais dúvidas do que quando entrou.

Consultou seu caderninho no mesmo momento em que consultou seus pensamentos. Tinha ainda muito a fazer: conversar com o legista, que sempre enxerga alguma coisa diferente, e ver onde os corpos seriam enterrados. Quem sabe o assassino não estaria por lá. Diz a praxe forense que eles sempre vão aos enterros de suas vítimas. E isso sempre aparece nos filmes americanos, nos quais os detetives conseguem resolver cem por cento dos mistérios. Mas aqui, nesta terrinha tupiniquim, realmente estava difícil descobrir.

Caminhava pela tarde, com o leve vento balançando as copas das árvores plantadas na bela avenida, sem sequer ver a paisagem porque os pensamentos o tornavam absorto, estranhamente absorto, brincava com as perguntas na esperança que se convertessem em respostas, era como se jogasse videogame tentando colher o maior número de pontos possíveis. No semáforo, o malabarista, na frente dos carros, jogava para cima as bolinhas e as fazia rodar no ar, sem deixar cair. Alfredo fazia a mesma coisa, jogava as perguntas para o ar e tentava apanhá-las:

Do que morreu Barnes? O que eram esses fios? Onde estava o notebook? E Tatiana, onde entrava nesta história? Por que sumira?

Talvez o Doutor Bruno soubesse, pois agora ele devia muitas explicações. Muitas explicações mesmo.

Capítulo Décimo Nono

Uma lágrima para James

– Do que morreu esse cara? – perguntou o legista.

Alfredo folheava os relatórios que tinha pegado na mesa e pareceu nem ter percebido a pergunta.

– Eu que pergunto – respondeu após alguns minutos, falando pausadamente, como se estivesse divagando, olhos fixos nos relatórios da autópsia, procurando saciar sua curiosidade, que parecia ser cada vez maior. De todos os casos que passaram por sua mão em todos estes anos de trabalho, nenhum parecia ser tão intrigante e instigante.

"... perfuração com instrumento perfurocortante, de duas faces, introduzido de forma abrupta entre a quarta e quinta costela, trespassando a caixa torácica e adentrando a cavidade, trespassando parte lateral do pulmão esquerdo e atingindo o coração, próximo da aorta e veias cavas, provocando hemorragia interna das aurículas...".

Era o relatório da autópsia da Doutora Lourdes, que Alfredo nem precisava ler, já sabia do que ela morrera, já tinha visto em questão de segundos que fora morta pelo Barnes. Mas, e ele?

"... exame visual externo normal, sem sinais de violação, sem hematomas visíveis, salvo perfuração craniana encoberta, abaixo melhor relatada. Abertura da cavidade torácica e abdominal sem encontrar resquícios que indiquem *causa mortis*, órgãos vitais íntegros, sem perturbação, órgãos viscerais também íntegros, sem qualquer resíduo mórbido. Encontrado edema estomacal estabelecido de forma crônica, de tipo histológico adenocarcinoma, não responsável pelo óbito. Considerando a não localização de evento causador do óbito nas duas cavidades corporais, optou-se pela abertura craniana para efeito de necropsia, posto que foi observada perfuração craniana suturada de procedência recente, em localização frontal superior, procedida por terceiros. Dura-máter também suturada. Não constatado qualquer edema na massa encefálica ou no bulbo raquidiano. Cérebro e cerebelo intactos. Sem possibilidade de se determinar a *causa mortis*...".

Alfredo olhou os grandes sacos negros sobre as macas, nos quais estavam Lourdes e Barnes. Já não estavam sozinhos, pois havia vários deles ali, alguns já necropsiados, outros na espera para serem abertos, esquadrinhados, pesquisados, violados.

Eram como objetos desprovidos de qualquer valor, salvo para o legista, e todos estavam à espera somente de uma resposta, algo que pudesse esclarecer do que morreram, a que sucumbiram, quem ou o que foi o responsável por fazer a tênue linha da vida esvoaçar-se daquele corpo. Alguns estavam em posição de decúbito dorsal e olhando-os desta forma, pareciam mesmo um ponto de interrogação.

Eram isso mesmo, apenas pontos de interrogação naquela sala lúgubre e funesta, pensou Alfredo.

– Hoje tinha muito que fazer – dizia o legista ao mostrar os corpos de Barnes e Lourdes.

Alfredo olhou aqueles corpos nus, o de Barnes parecia estar mais negro, uma cor indecifrável, *a cor da morte*, pensou, olhando a grande cicatriz que formava um grande "Y", um risco tenebroso, feito de sangue coagulado, começando nos dois ombros, se encontrando abaixo do externo e indo até seu púbis.

É isso que somos, nada mais do que um risco de sangue coagulado, escrito pela caneta da morte. E pior, um risco mal feito e pior consertado. Somos o "Y" do macabro alfabeto da vida, pensou.

Realmente o legista não era um cirurgião de primeira linha, a sutura do enorme corte era mal feita, dava para perceber que não havia qualquer qualidade naquela costura. O tecido rústico de um saco de batatas era mais bem costurado. Mas também pudera, para que fazer sutura aprimorada, se dali a pouco aquele corpo retornaria ao pó de onde veio, integrando-se ao lento, mas inexorável, trilhar da natureza, transformando-se em outros seres, saciando o axioma de que nesta nossa mísera vida nada se cria, tudo se transforma.

– Só temos isto aqui – dizia o legista, mostrando a pequena cavidade na parte posterior da cabeça raspada de Barnes, que sequer tivera o cuidado de fechar. – Havia esta perfuração, mas lá dentro não havia qualquer marca, qualquer edema. Estava tudo intacto.

– Mas não havia algum fio, alguma outra coisa neste buraco? – Alfredo ainda não conseguia entender o que Rosemary quisera dizer com fios de nylon.

– Nada, não havia nada. Estranho, muito estranho – dizia o legista, acostumado que estava com coisas bizarras que por ali passavam todos os dias. – Aqui a gente vê coisas do arco da velha – dizia meio rindo, com o cigarro pendendo do canto da boca. – Nada mais me assusta.

Alfredo saiu para a rua. A tarde agonizava, lançando matizes laranja-avermelhados no meio dos seus pensamentos. Logo a penumbra começaria a cair, abraçando a todos com sua tépida coberta negra, extraindo as cores do dia e pintando de breu a noite que se avizinhava, e ali, cheio de mortos, não era o melhor lugar para esperar a noite.

Estranho. Até agora não havia nenhum elemento, nenhuma pista, nada que pudesse elucidar a questão.

•

Onde será que ela vai? Perguntou-se.

Tatiana desceu o lance de escada e dirigiu-se ao carro, enquanto Alfredo a espreitava pelo lado de fora da cerca de arame trançado que separava o prédio da rua. Estava protegido dentro do táxi, aguardando há uns quinze minutos, digladiando-se na dúvida se deveria subir ao seu apartamento para inquiri-la de surpresa ou se deveria esperar que algo acontecesse. Sua intuição falou mais forte. Algo aconteceu.

Não fora difícil conseguir o endereço, Doutor Rosney fora muito solícito e tinha interesse em resolver logo aquele mistério. A ninguém da universidade interessava ter tantas notícias ruins num mesmo dia e muito menos ao reitor, que agora se via obrigado à triste missão de dar informações a todo instante, tendo de satisfazer toda aquela massa de pessoas, principalmente da mídia, famintas e vorazes por algo que chamasse a atenção do grande público.

Na foto que vira ela parecia mais esguia, mas Alfredo tinha certeza de quem era, uma moça bonita, nova e cheia de vida, que não tinha sinais de estar abatida com a morte do namorado. Apesar de o crepúsculo prenunciar o início da noite, não dando para ver com clareza os traços da sua fisionomia, ainda dava para perceber sua silhueta e um pouco da fisionomia, que não parecia nada abatida.

O carro chegou à portaria, lentamente o portão escancarou-se e Tatiana seguiu pela rua pouco movimentada. O táxi de Alfredo a seguia a distância, o que era fácil, pois Tatiana parecia dirigir despreocupadamente. Contornaram a cidade sem adentrar ao centro, o que prenunciava que Tatiana estava evitando os contumazes congestionamentos, levando Alfredo a concluir que ela tinha um destino definido, ela sabia precisamente aonde ia.

Ao começar a aparecer a murada do cemitério da Consolação, percebeu então que ela estava se dirigindo às capelas mortuárias.

Havia vários carros parados por ali, alguns conseguiram lugar no estacionamento, mas a maioria tinha de contentar-se ao longo da avenida, isso quando conseguiam lugar, porque também havia gente esperando uma vaga, e ficavam com seus piscas ligados, parecia que o quórum hoje estava grande, devia haver muitos defuntos à espera dos vivos para velá-los.

Tatiana avançou um pouco mais, passando o burburinho, e encontrou lugar um pouco mais à frente. Pelo jeito não se importava muito em andar um pouco e Alfredo, ao vê-la estacionar, pediu ao motorista para deixar o carro parado na rua, bem no meio daquele burburinho de carros piscantes, tendo uma boa visão do corredor de acesso às capelas. Havia muitas pessoas e realmente o quórum de defuntos hoje era grande.

Tatiana entrou pelo corredor, havia bancos nos dois lados, estavam todos ocupados, pessoas conversando, alguns levantavam os olhos ao vê-la passar, outros não se importavam, ela parou para cumprimentar uma senhora, beijou-a no rosto, falaram rapidamente e então ela entrou na capela de número quatro.

Alfredo ainda esperou mais alguns minutos ali parado no meio da rua, o taxista olhava a cena despreocupado, até ser dispensado pelo detetive.

Foi entrando lentamente no corredor de acesso e ficou analisando as pessoas que ali estavam. Todos, com exceção dele, acreditava, estavam ali para chorar por um ente que se foi. Alguns chorariam com lágrimas, outros somente com o coração, alguns falariam da falta que o morto faria, outros sentiriam a falta desde agora. Alguns, se bem que raros, viriam apenas pelo desejo mórbido de ver o morto e quase todos viriam para se despedir, dar o último adeus, reconfortar-se na falta de explicação das palavras do sacerdote, relembrar-se que logo estarão ali, velados naquele caixão.

Aqui um grupo de homens sentados nos bancos e outros em pé conversavam animadamente enquanto fumavam. Um dentre eles contava uma história de caça, de bichos, de como os abatera e os outros ouviam sedentos, risonhos, às vezes entremeando com uma expressão do tipo “nossa, puxa vida” e enquanto

Alfredo passava ouviu um "puta merda" dito em voz bem alta e logo o praguento percebeu que não devia usar aquele linguajar no lugar em que estava e olhou de soslaio para ver se alguém o recriminaria, mas ninguém falou nada, então ele seguiu a ouvir a história enquanto riam e fumavam.

Mais à frente, um grupo de senhoras também contava suas histórias e ali Alfredo percebeu que a coisa era diferente, porque muitas falavam e trocavam informações entre si e conseguiam falar várias coisas e vários assuntos ao mesmo tempo e pelo jeito se entendiam, algumas falavam de comida e outras de doença, falavam também do filho de fulano que morrera atropelado e outra contava das dores nas pernas por causa das varizes, mas todas eram circunspectas, falavam com seriedade e pareciam compenetradas no que diziam.

Alfredo passava em frente à porta da segunda capela e ali já estavam encomendando o morto, talvez fosse ser enterrado logo, mesmo já sendo um pouco escuro, antigamente só se enterravam as pessoas durante o dia, mas hoje tudo mudou, talvez porque se tinha medo do escuro, porque é sempre no escuro que aparecem as almas penadas e ninguém tinha coragem de ir ao cemitério durante a noite.

Alfredo lembrou-se de sua avó, que contava histórias de almas penadas que apareciam nos cemitérios à noite. Hoje tem luz e a luz é o melhor remédio para afugentar as almas penadas.

As pessoas estavam ali, aglomeradas, compenetradas no pensamento de sua vulnerabilidade, e não cabiam todos na pequena capela, então muitos ficavam no lado de fora, mas próximos da porta de entrada, entoavam os cânticos, benziam-se e escutavam as palavras do padre, que tentava confortar as pessoas, porque os desígnios de Deus não são os nossos, mas nessa hora todos gostaríamos que os desígnios nossos fossem os de Deus, porque ninguém em sã consciência fica contente quando perde um ente querido.

"É a vontade de Deus". Era a frase que mais se escutava por ali e como contra fato não há argumento, sempre vai prevalecer a vontade de Deus sobre nós, pobres mortais, que sempre morremos contrariados. Só nos resta pedir junto com os demais naquela capela:

– Rogai por nós pecadores, agora e na hora de nossa morte, amém.

Havia um entra e sai das pessoas, uma alternância entre ficar próximo ao morto, espreitá-lo com compaixão e sair para o meio dos vivos, vir para fora respirar o ar que os vivos respiram, pois lá dentro parece que o ar vai sendo tolhido e se ficarmos muito tempo por ali poderá faltar-nos o ar, tão vital para mantermos nossa delicada máquina chamada corpo funcionando.

Alfredo entrou na capela. Logo reconheceu Tatiana sentada entre uma senhora e um jovem. Não viu nenhum rosto conhecido, estava sozinho ali e sequer Tatiana o conhecia. Ficou sem saber o que fazer, pois sempre é uma situação desconfortável chegar num velório de um desconhecido, não se sabe quem é parente, quem se deve cumprimentar, se é para ir logo ver o morto ou se deve ficar perto da porta.

Resolveu dar uma espiada no morto, enquanto os olhares dos presentes acompanhavam o penetra que ousava invadir aquela funesta privacidade.

O caixão estava todo coberto, haviam colocado a tampa e somente uma pequena abertura de vidro mostrava um pouco da face de James, quase obscurecida pela pouca luz da sala. Certamente a explosão estraçalhara seu corpo e não havia condições deste ser mostrado por inteiro. Apesar da luz não ser muito intensa, dava para ver que era um caixão bonito, se é que dá para classificar caixões de defuntos, esse era todo trabalhado, parecia feito de jacarandá, com umas alças parecendo bronze. Na cabeceira, dois grandes castiçais, que também pareciam de bronze, continham uma vela cada um, cuja luz bruxuleante parecia querer indicar o caminho que o morto teria de seguir na estrada que todos desconhecemos. No meio dos castiçais, uma enorme cruz de aço inox ou alumínio, não dava para ter certeza, contendo um Cristo crucificado, com seu olhar cravado no morto, como a mostrar que Ele morrera lá, você morre aqui e estamos todos quites.

Uma moça mantinha a mão sobre o caixão, olhava para o rosto de James com os olhos marejados de lágrimas e dava para perceber que seus olhos imploravam para ele ficar mais um pouco, falar alguma coisa, não partir assim tão estupidamente e Alfredo não sabia definir se esse imenso amor que ela estampava em seus olhos era amor de irmão ou amor de paixão. Ela era apaixonada por ele, isso se traduzia naquele olhar, naquele balbuciar, mas não havia como saber em qual subdivisão amorosa aquele sentimento se encaixava.

Talvez o que mais a deixasse triste era não poder ficar com as mãos sobre as mãos do morto, porque todos nós temos especial predileção em pousar nossas mãos sobre as mãos dos mortos, ficar ali segurando-as, como a querer passar nossa energia para as mãos dele. Mas ela não tinha como, talvez as mãos dele estivessem dilaceradas, talvez tivessem sido arrancadas quando da explosão, o certo é que aquelas mãos já não dariam mais adeus, já não mais acenariam e já não mais poderiam enxugar aquelas lágrimas que agora eram vertidas por ele.

Alfredo ficou por ali, afastou-se um pouco do caixão, observando o movimento ao seu redor. Aquela senhora devia ser a mãe dele, ao lado Tatiana, aquele rapaz devia ser irmão, era bastante parecido com a senhora, a moça no caixão era irmã, agora percebia claramente, aquele senhor não sabia, não devia ser o pai, estava longe dos demais, outras pessoas havia, mas não as conhecia, mas eram todos sérios, ali não se ouviam as risadas de lá fora. Parece haver um código que nos faz ter um respeito, uma veneração pela morte, aliás, respeitamos tudo aquilo que desconhecemos, é a luta pela sobrevivência que nos instiga a isso, antes venerávamos a Lua e o Sol porque não os conhecíamos e hoje também veneramos Deus, justamente porque não sabemos quem é.

Foi para a rua, queria fumar um cigarro, clarear as ideias, tentar encaixar os pensamentos, entender o que ocorria, decifrar o elo entre Tatiana, Barnes e Lourdes e, quem sabe, a morte de James.

Capítulo Vigésimo

Eu vou hipnotizar você

– Tirar o quê? – perguntou Bruno, fitando-o nos olhos.

Alexandre olhava o vazio com o olhar esbugalhado, aterrorizado. Aquele rosto louro de olhos azuis quase esverdeados parecia pedir clemência, parecia querer denunciar uma invasão horripilante, denunciar algo que se apoderara do seu ser, do seu interior, que agora estava devorando suas entranhas, não fisicamente, mas devorando seu espírito, devorando sua alma.

– Tira isso de mim – balbuciava por entre os dentes, a saliva escorrendo pelo canto da boca, os olhos muito vivos e esbugalhados, quase a saltarem de dentro das órbitas, olhando o infinito.

Um raio de lua entrava por entre o cortinado envelhecido, lançando uma luz difusa sobre o corpo de Alexandre, arqueado para frente, sentado somente com metade do corpo na velha cadeira da sala de Bruno. Na noite enluarada, Bruno sabia estar cometendo um deslize ao trazer um paciente para sua sala, mas como vice-reitor tinha lá suas mordomias, e depois, nenhum funcionário ousaria descumprir uma ordem sua. Ali teria melhores condições de tentar desvendar o que ocorrera. Quem sabe Alexandre não voltaria a falar e poderia contar o que tinha acontecido nesta fatídica noite. Bruno deu-se conta de que tudo ocorrera há apenas algumas horas, na noite anterior, mas parecia que havia se passado muito tempo. Estranho.

Na estante, um grosso livro estava metade para fora, correndo o risco de cair, e Bruno levantou-se para arrumá-lo. Percebeu que Alexandre o acompanhava com o olhar. Sua cabeça movia-se vagarosamente, meio torta, estava imobilizado pela camisa de força, mas seus olhos acompanhando-o pareciam querer falar. Bruno sentou-se novamente ao seu lado, percebendo o interesse que seu deslocamento provocava nele.

– Tirar o quê, Alexandre? – perguntou novamente. Percebeu que quando pronunciou o nome dele, uma réstia de luz iluminou seus olhos, houve uma súbita descontração em suas faces, como se entremeasse um leve sorriso.

– O que houve com você, Alexandre? – perguntou com o claro intuito de analisar sua reação e viu que a descontração facial foi maior. Alexandre parecia querer sorrir, fitava intensamente Bruno com um olhar de satisfação e parecia um animalzinho de estimação quando fica esperando um novo agrado do dono.

– Alexandre... – Bruno falou mais alto. – Alexandre... – repetiu, e este emitia pequenos sinais guturais, fazia pequenos trejeitos com o corpo quase imobilizado, um pequeno sorriso estampado na boca de onde escorria saliva, parecendo querer falar, parecendo querer dizer que sim, ele era Alexandre, era o dono daquele corpo e precisava que alguém reafirmasse isso para seu cérebro.

– O Doutor Barnes lhe fez mal? – perguntou Bruno, percebendo uma inesperada reação de Alexandre. Suas mãos se crisparam, aquela sensação de bem-estar que ele mantinha até então cessou completamente e seu rosto se contraiu abruptamente.

– Interessante – murmurou Bruno. – Você não gosta de Barnes? – falou, aumentando o tom da voz. Alexandre se contorceu dentro da camisa de força, seus olhos se esbugalharam e parece que passou a salivar mais.

– Então Barnes te incomoda? – Bruno media as reações de Alexandre. – Barnes, você está aí? Está me ouvindo? – Parecia que Alexandre queria se soltar, erguer as mãos, parecia querer tapar os ouvidos para não escutar aquele nome. Os olhos dele fuzilavam os de Bruno, dando a nítida impressão que Alexandre gostaria muito de matá-lo só para não ouvir novamente chamar aquele nome.

– Calma, Alexandre, calma – falou Bruno, tentando apaziguar aquele frêmito que percorria o corpo do paciente. – Fica bem calmo que ninguém vai te machucar, Alexandre.

Chamou o enfermeiro, precisava fazer alguns testes, mas queria ter alguém forte por perto, afinal Alexandre era jovem e robusto, dois fatores que sempre pesam nos casos de violência psiquiátrica. Havia relatos de muitos de médicos mortos por pacientes, não dava para bobear, mas não conseguiria medir todas as reações com ele assim amarrado.

Distúrbio de personalidade? Não saberia dizer. Para a psiquiatria seria distúrbio, dupla personalidade, mas ele sabia que Barnes estava lá dentro. Já não tinha mais dúvidas, Barnes estava lá e lutava para se apoderar de Alexandre, mas este não permitia e alguns fatores externos pareciam influenciar. Havia um duelo entre os dois e isso era interessante demais. Como controlar isso era o que Bruno queria descobrir.

– Calma, Alexandre – repetia Bruno, agora lhe tirando a camisa de força, ajudado pelo enfermeiro. Alexandre estava calmo, o corpo arqueado para frente, os olhos fixos em Bruno e já não ficava mais balbuciando como antes, embora ainda escorresse um fio de saliva de sua boca.

– Fique junto dele e qualquer coisa segure-o – falou Bruno ao enfermeiro, com entonação profissional.

– Alexandre, meu amigo Alexandre – falava Bruno calmamente, observando as reações do paciente. – O que aconteceu com você, Alexandre? – sempre reforçando a entonação ao pronunciar seu nome. Ele tinha um semblante plácido, fitava Bruno nos olhos, acompanhava-o com o olhar, como se uma ligação muito forte não o deixasse desgrudar seus olhos dos olhos do médico. Havia um quase sorriso em seu rosto, uma vivacidade tomava conta de seus olhos, que agora cintilavam à luz difusa do ambiente. Sua boca antes retorcida agora refletia um leve esboço de sorriso, parecia feliz em ser reconhecido como Alexandre e isso ficava bem claro em seu rosto.

– Quem está aí com você, Alexandre? – Bruno mexia na ferida e sentia que a reação de Alexandre não era das melhores, seus olhos perdiam o brilho, seu rosto se contraía, não queria lembrar que alguém estava minando seu cérebro, apoderando-se de seu eu.

– Fale pra mim, Alexandre, quem está aí? – As mãos crispadas, agora soltas, passaram a mexer-se nervosamente, o corpo arqueado passou novamente a balançar-se para frente e para trás, naquela cadência que só os loucos possuem e seus olhos passaram a lampejar desespero, a gritar por indulgência, queria ser somente ele, não queria ser compartilhado com mais ninguém.

Bruno analisava com vivo interesse cada alteração nas reações de Alexandre e estava impressionado com o que via, enquanto o enfermeiro, sentado ao lado do paciente, assistia a tudo sem nada entender.

– Foi Barnes, não é? – perguntou Bruno, carregando uma forte entonação ao pronunciar o nome de Barnes. A face de Alexandre se contraía em espasmos, seu olhar lançava chamas de ódio, suas mãos crispadas se moviam cada vez mais nervosamente, tentavam agarrar aquele monstro que se apoderara de seu ser, moviam-se em movimentos bruscos, mas encontravam apenas o vazio.

– Foi Barnes quem fez isso? O que Barnes fez com você? – Os movimentos de Alexandre agora quase o faziam pular da cadeira, estava ficando violento e assustado, com suas mãos caçando o vazio e já emitia grunhidos, como se fossem imprecações contra aquilo que se apoderara dele, enquanto o enfermeiro assistia a tudo sem saber o que estava ocorrendo.

São uns loucos esses médicos, pensava com seus botões.

– Barnes! – chamava Bruno. – Barnes, você é Barnes? – De repente as mãos de Alexandre agarraram o pescoço do enfermeiro, que foi pego totalmente desprevenido. Os dois caíram no chão, derrubando a cadeira com estardalhaço. Era como se um demônio tivesse se apoderado do corpo de Alexandre. O enfermeiro não conseguia se desvencilhar daquelas mãos que o asfixiavam com uma brutal força. Segurava nos pulsos de Alexandre, tentando fazê-lo parar de o esganar, mas não conseguia.

Bruno correu para ajudar, ao mesmo tempo em que falava em voz alta a única frase que lhe ocorria no momento:

– Calma, Alexandre, calma, Alexandre. – Lembrou-se então das aulas de psiquiatria forense: pegou o dedo mínimo da mão de Alexandre, primeiro o da mão esquerda que estava por cima, puxando-o com força, conseguindo soltá-la do pescoço do coitado do enfermeiro, depois puxando o dedo mínimo da outra mão, soltando-a, ao mesmo tempo em que o enfermeiro dominava Alexandre com um golpe de gravata, mantendo os braços dele apertados nas costas, tirando-lhe completamente os movimentos, enquanto Bruno continuava repetindo:

– Calma, Alexandre, calma Alexandre.

Alexandre agora estava imobilizado no chão, com o enfermeiro sentado sobre ele, segurando com força seus braços para trás, enquanto falava para Bruno:

– Ele é louco, Doutor, é louco, não dá para deixar desamarrado. – Colocaram novamente a camisa de força, Alexandre agora estava novamente sentado, sua coluna ia para frente e para trás, naquela dança insana e pendular. Bruno dispensou o enfermeiro, já não precisava mais dele, agora Alexandre não oferecia mais perigo.

– Ele é louco mesmo! – repetiu em voz alta – Deve ter tido algum problema com o Doutor Barnes para reagir assim – falou como se quisesse justificar o que ocorrera ali, tendo o enfermeiro assentido com a cabeça enquanto passava a mão no pescoço vermelho e dolorido, saindo contente porque nunca gostara de trabalhar com loucos, doidos, dementes e toda essa vasta gama de alienados.

De médico e louco todos temos um pouco, repetiu Bruno para si mesmo, enquanto sorria da reação medrosa do enfermeiro, se bem que havia ficado com medo também, porque Alexandre era muito forte e houvera o risco de asfixiar o funcionário.

Não sabemos se os loucos são os sãos ou se os sãos são os loucos, pensava, relembrando o livro *O Alienista* de Machado de Assis, em que quase a cidade inteira fora internada porque o médico tinha dúvidas sobre quem era louco e quem era são.

Bruno estava eufórico, embora isso transparecesse apenas em seus olhos, pois sempre mantinha seus gestos comedidos, não se permitindo demonstrar qualquer reação, era um bom jogador. Começava a se dar conta da enorme influência que tinha sobre Alexandre, isso era muito bom, conseguia alterar rapidamente seu ânimo, podendo conduzi-lo da calmaria ao ódio em questão de segundos. Ainda não conseguia perceber no que aquilo poderia lhe ajudar, mas farejava algo no ar, sua intuição lhe dizia que isso poderia lhe trazer muitos benefícios. Agora podia dizer sossegadamente que tinha Alexandre em suas mãos.

Conseguia ter ali a materialização de uma das grandes buscas do ser humano: a dominação de um pelo outro. Todas as guerras, todas as revoluções, todas as epopeias ocorridas neste mundo sempre tiveram como pano de fundo o desejo do homem querer dominar o homem, querer ser melhor que o rival. Começou com Caim matando Abel e foi se estendendo até os dias de hoje e se revela diuturnamente em nosso cotidiano, pois sempre estamos querendo competir com o outro, sempre estamos disputando, seja no trabalho, seja no lazer.

Ocorre no trânsito, nas saídas dos estádios, na hora de comer e até nas igrejas, pois sempre queremos chegar primeiro que o outro, comer o melhor naco de carne ou rezar no melhor banco da igreja. Somos competidores por excelência e tudo em nós tem que ser melhor que o outro e até nosso deus ou Deus, ou mesmo nossos deuses, como queiram, tem que ser melhor que o outro. Por isso matamos e esquartejamos quem se opõe ao nosso deus, à nossa crença ou a que sejamos o melhor entre os demais.

Uma lufada de vento fez as cortinas se abrirem, deixando a luz da lua inundar com intensidade o ambiente pouco iluminado, trazendo Bruno de volta à realidade, acordando-o de suas divagações.

Vamos tentar ressuscitar Barnes, pensou enquanto fazia uma rápida análise de como conseguir conciliar as informações que conseguira naquela noite.

Abriu o pequeno armário atrás dele, sempre acompanhado pelo olhar atento de Alexandre, tirou um pequeno objeto metálico, parecia um medalhão do tamanho de uma bola de golfe, preso por um cordão de tecido, aproximou-se de Alexandre, colocou a cadeira dele de frente para a sua, sentou-se, olhando fixamente em seus olhos.

– Alexandre, você vai ficar bem calmo – falou vagarosa e pausadamente enquanto levantava o objeto metálico quase na altura de seus olhos, passando a balançá-lo pendularmente, bem devagar, fazendo os olhos de Alexandre se desviarem para este, indo e voltando, lentamente.

– Devagar, bem devagar, Alexandre – repetia Bruno, falando calmamente, balançando o pêndulo à sua frente, indo e voltando, fazendo os olhos dele acompanharem o leve movimento rítmico, numa cadência sempre igual.

– Você está com sono agora e vai seguir minhas ordens. – Os olhos de Alexandre, antes esbugalhados, começaram a se fechar lentamente, como se tivessem um peso enorme sobre suas pálpebras.

– Isso, Alexandre, isso, relaxa... – falava Bruno, com a voz bem pausada, mas firme. – Você agora está sob meu domínio, você me ouve bem? – perguntou, querendo testar até onde sua hipnose surtia efeito. Alexandre assentiu levemente com a cabeça e Bruno teve certeza que conseguira seu intento.

– Escute, quando eu fizer assim você vai acordar, ok? – falou Bruno, ao mesmo tempo em que estalava os dedos.

– Você consegue me dizer o que está havendo? – Bruno estava jogando sua cartada, pois desde que acordara do coma Alexandre não falara nada, apenas emitira alguns grunhidos ao ser confrontado por Bruno.

Quem sabe hipnotizado ele não desandaria a falar? Mas Alexandre apenas balançava a cabeça, agora de forma quase imperceptível.

Paciência, vamos ficar somente nos meneios de cabeça, pensou Bruno.

– Eu quero que você abra os olhos e olhe para mim – falou com entonação como se dando uma ordem, no que foi atendido quase imediatamente.

– Eu preciso falar com Barnes – falou agora calmamente, estudando a reação de Alexandre, mas este não esboçou qualquer movimento, ficando apenas a olhar Bruno com seu olhar vago e distante, como se estivesse pensando distraidamente sobre algum assunto longínquo.

Estranho. Nessa nossa caixa de surpresas, chamada cérebro, existem mecanismos de defesa poderosos, que funcionam policiando nossas ações, não nos deixando cometer atos que atentem contra nossos princípios, pensou Bruno.

Mesmo sob o efeito da hipnose, a maioria das pessoas não faz nada que agrida sua conduta. Por isso a estranheza de Bruno, porque Alexandre estava dócil demais, muito diferente de antes, quando a menção do nome de Barnes o fazia destilar ódio por todos os poros.

– Barnes, você pode falar comigo? – Bruno perscrutava os mínimos detalhes na face de Alexandre, tentando desvendar o que se passava em sua mente, mas este se mantinha imóvel, apenas o olhando vagamente, com olhos distantes e vazios.

– Barnes, eu sei que você está aí – falava Bruno calmamente, mas com uma inflexão de voz tão firme que ninguém mais duvidaria.

– Preciso falar com você. – Bruno então começou a perceber a alteração na fisionomia de Alexandre. Agora dava para perceber que havia uma luta interna, o quanto ele queria dominar a situação, ser senhor de suas emoções, mas parecia que outra força começava a dominar seu corpo.

Os olhos de Alexandre já não refletiam aquele brilho de dominação, pareciam curvar-se a algo maior que ele. Não teve alternativa senão resignar-se, igual ao cão que fareja o afago e recebe a bofetada. Dava para perceber que agora Barnes dominava a situação. Era dono do cérebro de Alexandre. Barnes era Alexandre. Um leve meneio de cabeça demonstrou a Bruno que sim, Barnes estava ali e estava esperando por suas perguntas.

Capítulo Vigésimo Primeiro

Tenho um caso importante

– Podemos conversar um minutinho?

Tatiana virou-se rapidamente, assustada, porque não esperava por aquela interpelação no meio da rua, no meio da noite. Alfredo tinha o costume de usar o termo "um minutinho", era uma forma de dizer que seria uma rápida entrevista, mas que, na realidade, às vezes se alongava por um bom tempo.

Diz o livro dos antigos que o tempo é do tamanho do nosso pensamento, então ele será alongado ou diminuído conforme nosso estado de espírito. E quem na face da Terra já não teve o prazer ou desprazer de ver um minuto demorar um século ou um dia passar num piscar de olhos?

– Quem é você? – perguntou uma Tatiana desconfiada.

Hoje em dia, com essa bandidagem que anda por aí, não dá mais para ficar sossegada, ainda mais uma jovem bonita como ela. Mas Alfredo era um senhor maduro e inspirava confiança. Além disso, a rua era bastante iluminada e havia muitas pessoas por perto. Um pequeno grito e tudo estaria resolvido, mas nem sempre, sei lá, às vezes os crimes acontecem nas nossas barbas e as pessoas vão passando por perto indiferentes.

Hoje em dia, cada um só pensa em si e é difícil encontrar um bom samaritano para pensar em (no caso "pensar" aqui significa curar, então não tem o "em") nossas feridas, mas pessoas boas ainda existem e vamos ver o que este senhor pretende. Uma rápida análise do seu interlocutor fez Tatiana baixar a guarda e começou a dar tratos à bola para tentar descobrir se o conhecia ou não.

– Sou o detetive Alfredo, eu falei com você hoje.

Ah sim, a voz era igual, pensou Tatiana ao comparar mentalmente o timbre da voz do telefone com a voz daquele homem corpulento na sua frente. Instintivamente ficou com o pé atrás.

– O que você quer comigo? – a voz soou em falsete, Tatiana tinha perdido o controle da situação. Logo ela, tão senhora de si, tão dominadora, estava ali à mercê de um desconhecido, alguém que queria arrancar informações que ela, em sã consciência, só forneceria mediante régio pagamento. Sentiu-se tomada pelo medo, pois agora, ao invés de predadora, sentia-se a presa, numa situação a que não estava acostumada. Realmente esse cara tinha alguma coisa que a dominava.

– Quero saber quem matou James – falou Alfredo com a maior naturalidade do mundo, como se estivesse pedindo algo banal, tipo uma receita de bolo.

Havia percebido que Tatiana estava na defensiva e nessas horas tem que entrar de sola, como dizem os jovens.

– Você sabe quem foi? – Tatiana titubeou. Não esperava que a pergunta fosse tão direta. Na realidade, ela sempre gostava de pensar, ter tempo de ensaiar o que dizer.

Na vida somos todos atores, estamos sempre atuando e nossa performance depende do quanto estamos preparados para representar. Na maioria das vezes, não há público para nos aplaudir e uma esplêndida apresentação, esmerada e carinhosamente preparada, geralmente vai por água abaixo. Por isso nos decepcionamos tanto, por isso a vida nos parece tão cruel às vezes.

– Não – falou. Se existe uma coisa que tinha aprendido é que quando não somos senhores da situação, o melhor que podemos fazer é praticar a máxima de que em boca fechada não entra mosquito; se não entra, também não sai, então o melhor mesmo é não falar nada ou, no mínimo, falar o mínimo.

– Mas você não era namorada dele? – perguntou Alfredo, quase irritado com a resposta evasiva de Tatiana.

– Sim, mas não sei. – Realmente Tatiana estava sendo dissimulada demais e Alfredo teria que rodear muito para tentar obter alguma coisa, estava percebendo que a moça seria osso duro de roer e precisava de algo que a jogasse de vez na lona, algo que a fizesse falar, ali havia muita informação, pressentia isso, mas ela parece que não queria colaborar. E ele já não tinha muita paciência para ficar nesse jogo de gato e rato.

– Você está presa! – falou com aquela inflexão de voz de autoridade, de alguém que vai cumprir uma determinação mesmo que chova canivetes e Tatiana sentiu que faltava chão sob seus pés, conseguindo apenas balbuciar um débil "por quê?", que soava mais como um pedido de perdão, um pedido de piedade, pois ela nada fizera de errado e suas escapadelas fortuitas não eram caso de polícia, eram apenas circunstâncias da vida, mas nada que pudesse se vislumbrar como crime, e tirando isso, nada mais havia de errado e começava a perceber que havia muito mais coisas por trás daqueles arquivos e daquelas mortes, mas ela não era pivô de nada disso e agora estava realmente tomada pelo pânico.

– Por quê? – balbuciou de novo, meio perguntando, meio afirmando e já com a voz chorosa.

– Eu que pergunto por quê – falou um Alfredo frio, calculista e meticuloso, tentando, na luz da noite enluarada, esquadrinhar o rosto tomado pelo pânico daquela moça.

– Você estava querendo o endereço de Barnes, dizendo ser amiga dele, ele e a mulher foram mortos, seu namorado foi morto, você fugiu de mim hoje pela manhã. Lógico que você tem culpa no cartório.

Era como se Alfredo espetasse seu dedo em riste em cada ferida que ia abrindo ao falar daquele modo. Sabia como ninguém se aproveitar do pânico que conseguira inculcar em Tatiana.

– Não sei, eu não sei não – dizia uma Tatiana agora tomada pelas lágrimas. – Acho que foi o Barnes quem matou James, foi o Barnes, eu queria ir à casa dele saber por que ele matou, mas ele também morreu.

Alfredo apenas ouvia. Seu intento fora alcançado e agora Tatiana lhe passaria as informações que desejava, pelo menos as que ela soubesse. As lágrimas ainda teimavam em permanecer naquele rosto bonito, embora agora estivesse mais calma, decerto tinha percebido que não adiantava se debater muito naquela teia armada ao seu redor, porque quanto mais se debatesse, mais enrolada ficaria.

– Foram os arquivos, Doutor, foram os arquivos – e contou para Alfredo sobre os arquivos que James havia pedido para guardar e que ela tinha entregado para Bruno.

– O que tinha nesses arquivos? – perguntou Alfredo sem dar folga para Tatiana.

– Não sei, mas devia ser algo importante – falou uma Tatiana completamente desarmada. E contou então dos temores de James, de como ele estava se sentindo ameaçado por Barnes, uma ameaça sutil, a razão, explicou, é porque James havia contrariado Barnes, copiando os arquivos sem sua autorização.

– Por que entregou para Bruno? – A pergunta seca derrubou de vez a resistência de Tatiana. Ela não tinha como explicar, mas também já não conseguia mentir e deixou Alfredo ler em seus olhos a resposta, a explicação daquele triângulo amoroso que agora viria à tona. Tinha sido uma tola, porque nem fizera cópia dos arquivos, se deixara levar pela lábia de Bruno.

– O que Bruno fez com os arquivos? – Alfredo era incisivo e não dava tempo para Tatiana se recompor.

Tatiana explicou que não sabia, aliás, sequer imaginava onde ele andava, isso ocorrera dois dias atrás e não tinha mais visto Bruno desde então. Acreditava que era alguma pesquisa de Barnes, alguma coisa acima de seu entendimento, mas não conseguia entender porque James estava com tanto medo.

– A gente vai se encontrar amanhã ao meio-dia... – Tatiana deixou escapar. Percebeu a besteira que havia feito, mas não tinha como voltar atrás, principalmente depois que notou o brilho nos olhos de Alfredo.

– Por que Barnes mataria James? – A cabeça de Alfredo era uma máquina de fazer perguntas. Sequer a deixava terminar de responder e já despejava outra, não dava chance de Tatiana se restabelecer. Precisava manter o raciocínio e voltaria à questão do encontro depois.

– Não sei, não sei... – falava uma Tatiana chorosa. Realmente não sabia porque alguém teria coragem de matar outra pessoa. Desconhecia a razão. Em seu íntimo não existia qualquer razão plausível para cometer uma barbaridade dessas.

– Quem mais sabia dos arquivos? – Alfredo não deixava Tatiana completar seus pensamentos. Os anos de profissão foram suficientes para lhe demonstrar que o melhor resultado se obtém com o interrogado na defensiva.

– Acho que só eu e o Bruno, não sei... Tenho medo, doutor... – A voz de Tatiana soou como um pedido de ajuda, um grito surdo de socorro. Alfredo ficou desconcertado.

A coisa era mais complicada do que Alfredo imaginara inicialmente. Agora apareceram uns arquivos estranhos que parecem ter sido o início de tudo. Alfredo dispensou Tatiana, não sem antes lhe dar um belo sermão e deixar bem claro que na próxima vez que ela fosse chamada, deverá comparecer na hora, pois estava tratando com autoridade e com autoridade não se brinca não.

Quem ela pensava que era? Perguntava-se Alfredo, ela tinha que ver que ele estava cumprindo seu papel e ela que ficasse de sobreaviso, porque seria chamada novamente, mas não precisava se preocupar, porque se ela não devia nada, não tinha o que temer. Tatiana não escutava nem a metade do que ele dizia, apenas torcia as mãos nervosamente e estava louca de vontade de ir embora dali, fugir daquele homem que tinha a capacidade de desnudar sua alma e arrancar seus segredos, que se aproveitava de sua fragilidade para obter as informações que quisesse. Então muito bem, nem deu tchau direito, entrou no carro e sumiu no meio da noite, na quase meia-noite.

Alfredo respirou fundo, aspirando a brisa da noite, deixando aquele ar entrar prazerosamente por todas as suas cavidades e inundar seus pulmões, absorvendo cada porção como se estivesse saboreando a mais fina das iguarias.

Que história mais maluca, meu Jesus amado, pensava. *Ao que tudo indica, Tatiana não tinha qualquer culpa no cartório. Talvez Bruno, quem sabe. Ele teria que explicar muita coisa.*

– Putz, esqueceu de perguntar para Tatiana onde eles se encontrariam...

Alfredo começou a sentir aquela estranha intuição de que um caso muito grande tinha caído em suas mãos. Algo diferente, que envolvia pesquisas científicas, talvez espionagem, muita trama, muita ação e três mortos. Deu um leve sorriso, os mortos já não poderiam mais estar envolvidos, portanto, ia sobrar para os vivos.

Mas, certamente, era um caso que poderia lhe render frutos, talvez uma promoção, e aí sim, com um salário melhor, poderia pedir sua aposentadoria.

Iria conversar com o chefe amanhã cedo, reunir as mortes de Barnes, Lourdes e James. Teria que tirar o Nascimento da jogada, esse era um caso importante demais para ser repartido. E o chefe aceitaria de imediato, até iria fazer uma média, porque a maioria vem falar com o chefe para diminuir a quantidade de trabalho e ele estava fazendo o inverso. O Nascimento certamente não daria a mínima, porque, com aquela pança, ele queria mais era ficar aboletado na repartição, não gostava muito de sair a campo.

Na rua deserta, a lua brilhava com toda a sua intensidade e Alfredo caminhava na noite sem se preocupar com a vida. Afinal, estava caminhando ao longo dos muros do cemitério e, ao que tudo indicava, todos os que estavam por ali também não tinham muito que se preocupar com a vida.

Capítulo Vigésimo Segundo

Uma cabeça como troféu

Será que ele já chegou? Perguntou-se Tatiana.

Achava estranho Bruno ter marcado naquele local, um prédio ainda em construção, nos fundos do anfiteatro, praticamente abandonado há quase três anos, depois que houvera denúncias de corrupção e custara a cabeça de um dos diretores. Já tinham estado naquele lugar algumas vezes, fazia tempo, é verdade, lugar só deles, dizia Bruno, subiam no topo do prédio, eram oito andares pelas escadas, mas valia a pena, porque a vista lá de cima era bonita, brincavam como crianças, abraçavam-se sentados na soleira, com os pés pendurados no vazio para ver o pôr do sol e já chegaram a fazer amor ali uma vez, não sabia por que, mas isso dava uma sensação de liberdade muito grande.

Estranho, pensava Tatiana, *como pode a gente gostar tanto de se expor ao perigo? Andamos em montanhas-russas, despencamos em elevadores, pulamos de bungee jump, mergulhamos nas profundezas de cavernas submarinas, fazemos mil coisas perigosas só para ter essa sensação de liberdade.*

Até fazer amor em lugares assim, correndo o risco de sermos descobertos, nos traz essa estranha sensação de poder. Gostamos de andar acima dos limites de velocidade, pilotar uma enorme motocicleta a 250 quilômetros por hora, sentir o vento gelado no rosto, desafiar o perigo a todo o momento. Isto nos dá a sensação de sermos eternos, mesmo que seja por ínfimos lapsos de tempo. O perigo sempre nos atraiu e desafiar o perigo sempre foi uma constante em nossas vidas e isto afasta de nós aquela certeza de que somos finitos e que um mínimo de descuido e este perigo poderá ceifar nossas vidas.

– Oi, Tatiana...

O rápido beijo foi frio, o olhar foi vazio e o sorriso, enigmático. Realmente Bruno estava estranho e Tatiana sentiu um pequeno frio percorrer sua espinha. Estava tensa demais com os últimos acontecimentos. *Talvez isso seja coisa da minha cabeça*, pensou.

– Por que você marcou aqui? – afinal de contas fazia tempo que não iam ali e ela não via qualquer razão para irem agora, principalmente com esse burburinho todo ocorrendo na universidade. Definitivamente não havia clima para um encontro amoroso naquelas circunstâncias.

– Queria um lugar reservado para conversarmos, está todo mundo de olho – Bruno falou mansamente, como se cada palavra pronunciada tivesse sido ensaiada várias vezes. Parecia tranquilo demais e a intuição de Tatiana prenunciava que aquilo não era nada bom.

Foram subindo as escadas; Bruno pegou sua mão. Novamente a sensação de frieza, uma frieza diferente, e Tatiana já não sabia se era ele ou ela que estavam diferentes, ou se era os dois. Mas algo mudara, disso tinha certeza, e seguia ao lado dele absorta e aflita. Chegaram ao topo, estavam um pouco ofegantes, mas a vista era realmente linda.

Sobre o cimo do prédio não havia cobertura, apenas uma laje que cobria toda a extensão, com uma pequena construção no meio, como se fosse uma armação para colocar a caixa d'água. Alguns pedaços de ferro e de cano apareciam na superfície da laje, como se brotassem desta, mostrando que a obra realmente estava inacabada.

Bruno sentou-se na beirada da laje, ficando com as pernas penduradas para fora, como costumavam fazer. Tatiana o observava, não entendendo ainda o porquê de tudo aquilo.

– Vem cá... – falou ele, estendendo a mão para ela. – Senta aqui comigo. – Era um pedido e dava para perceber que Bruno tentava ser meigo, como fora outrora, e Tatiana sentiu fluir todo aquele carinho que sentia, pois agora acreditava que gostava muito mais dele do que gostara de James. Sentou-se ao seu lado e um turbilhão de pensamentos passava por sua cabeça, tinha um monte de perguntas para fazer, queria saber dos arquivos, queria saber o que estava acontecendo, se era somente ela que estava ficando maluca ou se todo o mundo estava ficando também. Mas agora tudo o que queria era ficar parada naquele abraço, sua cabeça deitada no ombro dele, como era gostoso deixar-se ficar assim, era como se o mundo tivesse parado e não houvesse mais nada ou ninguém que pudesse tirá-la daquele devaneio. Fechou os olhos.

Como a vida é bela, pensava, já não sentia tanta falta de James, estranho, mas a sensação que tinha era de que ele estava perto dela. Sentia uma ternura muito grande naquele momento e já não sabia se essa ternura era por Bruno, se era por aquele momento tão especial ou mesmo se sentia isso por James. O fato é que agora sentia uma vontade muito grande de chorar, algo que nunca sentira antes, e aquele primaveril sol de meio-dia, despejando suas centelhas de luz sobre o verde das matas ao fundo, mostrava a ela o quanto a vida era bonita, enquanto algumas lágrimas começaram a brotar teimosamente de seus olhos.

Estava com seu braço enlaçado em Bruno e sentiu quando este pegou-o vagarosamente, tirando-o das costas dele, desfazendo o abraço dela, mas mantendo o braço dele sobre o ombro dela. Ia perguntar por que ele não a deixava ficar assim naquela placidez, porque o que mais desejava agora era ficar ali enlaçada nele, sentindo aquele mormaço gostoso, quando sentiu o forte empurrão nas suas costas.

Virou-se bruscamente para ele, pois não conseguia se firmar em nada, seus pés encontravam apenas o vazio, tentava se agarrar em qualquer coisa, tentar segurar-se naqueles braços que antes a acolhiam, mas viu apenas um olhar gélido e um estranho meio sorriso naquele agora estranho rosto. Bruno segurava-se com uma das mãos em algumas barras de ferro que emergiam ao seu lado na laje, enquanto com a outra estava empurrando Tatiana para o nada.

Ela ainda tentou agarrar-se às pernas dele, mas parecendo ter percebido a intenção dela, ele as sacudiu bruscamente, como se as limpasse de algo pegajoso. Tatiana despencou do prédio atingindo o chão em frações de segundo. Nem tivera tempo de gritar.

Bruno olhou lá de cima o corpo estatelado, procurou ver se havia alguém por perto que pudesse ter presenciado algo, mas não havia ninguém naquela hora.

Desceu rapidamente, caminhando em direção ao Hospital Universitário. Tinha muito que fazer.

•

– Olá, Doutor, andando por estes lados? – perguntou um sarcástico Alfredo.

Estava contente, afinal de contas hoje era seu dia. Falara com o chefe e o caso agora era só seu. Nascimento, como ele mesmo previa, até ficou aliviado em passar o caso para frente. Aquele era um *bon vivant*, não queria mesmo nada com nada. Alfredo não, era diferente, meticuloso, quando pegava uma investigação, gostava de ir a fundo. Os casos que mais tinham solução na repartição eram os dele e sempre recebia elogios pela sua atuação. Hoje o chefe fora pródigo em elogiá-lo perante os demais, embora isso despertasse algum ciúme, mas isso passava e ele também não se importava com os ciúmes dos colegas. Eles que trabalhassem como ele trabalhava. Além disso, ele já tinha alguns anos de casa, sua experiência já contava pontos também. Lógico que não contara detalhes, apenas falara que tinha indícios de que os casos eram conexos, por isso pensava em investigá-los em conjunto, mas propositadamente omitira todos os detalhes do que sabia, porque isso seria uma vitória a ser saboreada depois.

E agora encontrava Bruno. Algo estranho devia ter acontecido, pois Tatiana tinha lhe falado que se encontraria com ele ao meio-dia. Pena que não conseguira vir mais cedo, chegara atrasado, pois não sabia direito onde era o local de encontro. Tão logo tinha avistado Bruno caminhando sozinho, tinha solicitado reforços e dera instruções para fazerem uma busca no local, afinal de contas, hoje em dia não dava para dar mancada, todo cuidado é pouco, esse era seu lema. E estava meio desconfiado. Sentia algo no ar.

Bruno sentiu um frio na espinha, o que menos queria agora era a polícia no seu encalço. Será que ele vira alguma coisa? O que responder agora?

– É, vim aqui no anfiteatro resolver uns problemas. – Bruno falou sem muita convicção, como pretendendo dissimular sua resposta.

– Viu Tatiana por aí? – perguntou Alfredo, vivamente interessado na reação de Bruno, mas tentando parecer dissimulado o bastante para não colocá-lo na defensiva.

Ou ele sabe de algo ou está blefando, pensou Bruno, *mas não sou eu quem vai entregar o jogo.*

– Não, por quê?

– Ela me disse que ia se encontrar com você – falou Alfredo, como se estivesse falando despreocupado.

Ele conversou com ela, pensou Bruno, *deve saber de muitas coisas, daqui a pouco encontram o corpo dela e então eu estou ferrado, aliás, a estas alturas eu estou ferrado de qualquer jeito, a não ser que arranje uma boa desculpa, um álibi, algo que me inocente, mas agora tenho que ser dissimulado até que possa engendrar alguma ideia.*

– Pois é, mas ela não apareceu – falou Bruno, sem olhar para seu interlocutor. Caminhavam lado a lado e agora contornavam o prédio do hospital. Bruno fez questão de continuar caminhando, mais para evitar ter de dar explicações ao detetive, mas este era osso duro de roer e acompanhava os passos rápidos de Bruno, não lhe dando muita folga para pensar. Evidente que isso era uma técnica forense que permitia ao entrevistador sempre ter domínio da situação ao não permitir ao entrevistado ter tempo para armar suas respostas. Mas Bruno estudara muito psicologia e conhecia algumas artimanhas para tentar burlar o estratagema do detetive, então o embate estava equilibrado e Bruno aumentou ainda mais as passadas.

– Ou apareceu e desapareceu... – Alfredo deixou escapar o pensamento em voz alta, propositadamente, com o claro objetivo de desarticular seu oponente. Por estar ao seu lado, não percebia o estranho olhar de Bruno, que agora tinha certeza que Alfredo sabia de muitas coisas e estava armando as condições para levá-lo preso. Era só uma questão de tempo e isto iria acabar com seu projeto. Estancou o passo repentinamente e fixou seu olhar nos olhos do detetive:

– Escute, Doutor – falou com voz autoritária. – Não sei o que o senhor está pensando e nem me interessa. Faça seu trabalho e eu faço o meu. Mas se quiser eu posso lhe mostrar a pessoa que fez toda esta lambança. – Alfredo ficou admirado com o que ouvia e ficou mais admirado ainda com o olhar penetrante de Bruno, que mais parecia transtornado. Sentiu algo esquisito, como se fosse um prenúncio de medo, mas era policial e policial não se deixa levar por estas besteiras, então vamos lá, vamos ver o que realmente existe nesta história toda, se há algum culpado, ou se isso não é um daqueles subterfúgios que muitos utilizam para tentar burlar a lei. Ao que tudo indicava, Bruno estava querendo ganhar tempo para tentar conseguir um álibi e a melhor coisa a fazer era dar corda, pois uma hora ele se enforcaria com ela.

– Por aqui – falou Bruno, abrindo uma porta lateral, distante da entrada principal, que parecia uma porta de serviço. E era mesmo, porque entraram numa sala cheia de cestos grandes e carrinhos, parecendo uma grande despensa. Subiram as escadarias, dois pisos, depois passando por algumas salas e Bruno abria e fechava as portas até Alfredo perceber que estavam próximos da UTI. Alfredo achou interessante não encontrarem ninguém pelo caminho, creditou isto ao fato de estarem em pleno meio-dia e o pessoal administrativo ter saído para almoçar. É certo que ouvia algumas vozes, nos hospitais sempre há pessoas andando para lá e para cá, mas aquela era a hora em que os pacientes dormiam, ou pelo menos tentavam dormir, sem contar que muitos deles já estavam dormindo fazia muito tempo, ou porque os sinais vitais estavam latentes ou porque estavam em coma induzido, afinal, estavam na UTI.

Entraram em uma sala que parecia um consultório médico, depois que Bruno acendeu as luzes deu para ver que tinha uma escrivaninha com alguns livros, um abajur que era uma estátua de uma mulher seminua, com as poucas roupas esvoaçantes, uma tela de computador, na frente da escrivaninha havia duas cadeiras de um couro negro já surrado pelo tempo, mesmo material que guarnecia a cadeira do lado oposto, certamente estas eram para os pacientes e a outra era para o Doutor, e ao fundo um armário tipo cômoda, cuja parte de cima estava repleta de livros, um gravador daqueles antigos com fita cassete, muitas revistas e dava para ver que eram revistas especializadas na área médica, e por cima, uma cortina grossa e escura que não permitia a passagem da luz, mas era provável que houvesse venezianas, porque era impossível que uma cortina pudesse filtrar a luz daquela forma em pleno dia ensolarado.

– Pode sentar, Doutor – convidou Bruno. – Vou trazer uma pessoa interessante para lhe conhecer. – E saiu por uma porta lateral, que foi fechada sob suas costas.

Pronto, pensou Alfredo, *vai arranjar uma forma de escapar daqui*, e quis ir ao seu encalço, mas logo percebeu que não havia razão para temer, pois sabia que uma suposta fuga de Bruno só pioraria sua situação e até seria um reforço numa possível solicitação de prisão, caso isso fosse necessário. Agora já tinha todos os dados de Bruno e não acreditava que ele fosse fugir. Preferia acreditar que ele lhe traria alguém que assumiria toda a culpa e, quem sabe, não seria hoje que ele desvendaria todo aquele mistério. *Vamos esperar mais um pouco*, pensou, levantando-se para folhear uma daquelas revistas especializadas que estavam sobre a cômoda do outro lado. Não tinha muito o que ler, eram assuntos técnicos demais, contentava-se em tentar decifrar as figuras e os diagramas quando o ruído de passos chamou sua atenção. A porta abriu-se e Bruno entrou trazendo pelo braço um paciente envolto numa camisa de força, mas cujas mangas estavam soltas, então pensou em questionar Bruno, porque de nada adiantava o paciente estar vestido com aquela roupa que servia de proteção aos demais, pois a função principal dela não servia para nada ao não estar amarrada. *Vamos esperar para ver no que dá*, pensou Alfredo, acompanhando com interesse a cena em que Bruno colocava o paciente sentado numa das cadeiras destinadas justamente aos pacientes.

– Fique tranquilo, Alexandre... – murmurava Bruno. – Fique tranquilo, Alexandre.

– Senta aqui, Doutor. – O pedido solícito de Bruno era acompanhado do gesto com a mão, indicando a cadeira vazia ao lado de Alexandre. Alfredo estava vivamente interessado na cena e atendeu prontamente ao pedido, não deixando um minuto sequer de fixar os olhos no rosto de Alexandre, tentando entender o que havia por trás daquilo tudo. Alexandre tão logo sentou-se, e sentou-se apenas sobre metade do assento da cadeira, curvou-se para a frente e começou a balbuciar:

– Tire isso de dentro de mim, tire isso de mim... – e balbuciava enquanto se balançava naquele vaivém compassado que só os insanos e os loucos de todos os gêneros sabem a métrica e o ritmo.

– Doutor, por enquanto não faça perguntas – falou Bruno, com voz professoral. – Só observe, depois o senhor pode perguntar, está bem? – Alfredo assentiu com a cabeça, mas, na realidade, nem deu para perceber se era um sim ou um não, porque o assentimento se dera mais com os olhos do que com outro gesto, mas isso já não importava agora, pois ele estava muito interessado naquela cena e queria mesmo desvendar aqueles crimes, então um pouco de paciência agora poderia render frutos depois, o melhor mesmo era observar quieto. *Quieto por enquanto, por enquanto,* pensou.

– Alexandre, este é o detetive Alfredo – falou Bruno, apontando com o dedo, enquanto os olhos de Alexandre pareciam querer acompanhar a direção apontada, mas permanecendo com a cabeça abaixada, o que dava um aspecto horrendo àquela cabeça luzidia de olhos esbugalhados.

– Ele veio aqui para saber quem matou Barnes, entende? – falou Bruno, alteando a voz ao pronunciar o nome de Barnes. – Barnes! – ele quase gritou. – Você matou Barnes? – O rosto de Alexandre estava avermelhado, era como se uma onda de sangue de repente inundasse todos os seus vasos capilares, os olhos se esbugalharam ainda mais e faíscas de raiva pareciam irradiar deles, que agora estavam com as veias saltadas, túrgidas de sangue, como a querer explodir dentro de suas órbitas. Alfredo nunca tinha presenciado uma cena destas, parecia daquelas coisas de exorcismo de igreja de televisão, só faltava Bruno impor suas mãos sobre a cabeça de Alexandre para expulsar o satanás que agora balbuciava pelos lábios de Alexandre, enquanto Bruno mais e mais o exorcizava:

– Barnes! – ele gritava. – Barnes vai acabar com você! – Parecia mais uma dança daquelas tribos africanas, que iam num crescendo até culminaram num apoteótico final. Alfredo olhava estupefato aquela cena e já estava pensando em dar um basta, porque parecia que daqui a pouco Alexandre não resistiria, ele estava ficando incontrolável, seus olhos estavam querendo saltar das órbitas, seu rosto parecia o de uma daquelas gárgulas de Notre Dame e quando ia pedir a Bruno que parasse, sentiu duas mãos que grudaram em seu pescoço, asfixiando-o. Sentiu que o ar lhe faltava e a força que aquelas mãos faziam parecia querer quebrar suas vértebras superiores. Sentiu uma dor lancinante enquanto tentava segurar aquelas mãos fortes que apertavam sua garganta, mas a idade já não lhe ajudava muito e já não tinha tanta força assim. Ainda escutava Bruno gritando freneticamente "Barnes, Barnes", enquanto sentia que o comprimir daqueles fortes dedos sobre sua traqueia o estava deixando sem ar; tentou ainda dar um safanão tentando se livrar, mas tudo o que conseguiu foi um leve estrebuchar e então sentiu que Alexandre o estava puxando para perto dele, mas sem amainar um segundo sequer a forte pressão que exercia sobre seu pescoço. Sentiu um leve torpor, era como se a dor tivesse ido embora, tudo agora estava rodando ao seu redor, seus olhos esbugalhados, iguais aos de Alexandre, só que pelo terror, começaram a se revirar dentro das órbitas, agora aparecia apenas o esbranquiçado de seus olhos e já não tinha mais qualquer reação. Alexandre o puxou para si, fazendo a cabeça dele repousar sobre seu colo, enquanto seu corpo jazia caído da cadeira, quase numa posição de decúbito dorsal.

Bruno fitava a cena sem esboçar qualquer reação, apenas seus olhos tinham um estranho brilho. Alfredo jazia inerte no colo de Alexandre, cujas mãos ainda apertavam firmemente o pescoço do coitado do detetive. Nada mais havia a fazer, o negócio era sair dali sem ser visto, daqui a pouco ia chegar mais gente e ele não podia ser ligado à cena do crime. Saiu pela porta lateral, desceu as escadarias, não tinha mesmo viva alma por ali e rapidamente ganhou o estacionamento.

Alexandre continuava apertando o pescoço de Alfredo sobre seu colo, como um troféu, enquanto balbuciava por entre a baba que escorria de sua boca:

– Tire isso de dentro de mim, tire de mim...

Capítulo Vigésimo Terceiro

Uma estranha ocorrência

– Ele não atende... – falou o sargento, sem se dirigir especificamente a qualquer dos subordinados presentes.

Tentava ligar para o detetive que chamara o reforço, Doutor Alfredo, mas o celular não atendia. Estavam em quatro na viatura e vieram rapidamente, assim que solicitada a ocorrência. Agora teriam que chamar a central, aquele corpo ali caído assim requeria, teriam que enviá-lo para o IML, num saco preto como se fosse um saco de lixo, fazer os procedimentos de praxe, necrópsia, laudos, investigação, incluir nas estatísticas; se fosse uma pessoa importante, sairia uma nota triste no jornal e convite para a missa de sétimo dia; se fosse um crime bárbaro, seria estampado nos jornais em letras garrafais; se fosse uma pobre infeliz, sem nada e sem ninguém, seria enterrada como indigente.

A moça tinha caído deitada e a força do impacto tinha criado uma distensão em seu pescoço, como se estivesse mais alongado, um dos braços estava por baixo do corpo e percebia-se que a posição em que se encontrava era porque havia se rompido. Também uma das pernas estava estranhamente dobrada, com um rompimento abaixo do joelho e um pequeno pedaço da tíbia exposto. Vários filetes de sangue escorriam lentamente ao redor do corpo e percebia-se que havia mais sangue embaixo dela. Parecia uma daquelas bonecas de pano, jogada pelo chão, toda desengonçada, mas aqueles olhos de um estranho azul, um azul intenso e lindo, pareciam fitar o vazio, e já não demonstravam medo ou terror, apenas fitavam o vazio. Tinha vontade de fechá-los, como um gesto de compaixão ao morto, mas não podiam mexer no corpo até o pessoal da civil chegar, eles é que faziam os procedimentos, mas certamente não fechariam aqueles olhos, pois o pessoal estava tão acostumado com isso que pouco se importavam em ter ou não algum gesto de compaixão.

Coitada, pensou suspirando ao ver a fragilidade daquele corpo caído que talvez, algumas horas antes, estivesse cheio de vitalidade. Ao mesmo tempo lhe vinha à mente Hitchcock e seu famoso *Um corpo que cai. Será que essa infeliz também tinha tendências suicidas iguais à personagem de Kim Novak? Será que teve a funesta ideia de se deixar cair daquela altura? O que se passava por sua cabeça? Que tipo de problema a levou a tão trágico final? Ou algum distúrbio mental a incitou a simplesmente se soltar no espaço. Será que conseguiu gritar ao se aproximar da morte?* Tinha lido algures que a pessoa que se suicida sempre consegue um istmo de tempo para se arrepender daquele ato. Por isso assistimos na televisão aquelas cenas de salvamento do pretenso suicida que se agarra àquele que o quer salvar e lhe implora para não o deixar cair.

Ou será que a mataram? Será que alguém teve motivo e coragem para impor um fim tão trágico à pobre moça? O que ela fez de tão ruim assim? E mesmo que tenha feito, que direito temos de tirar a vida do outro? Será que há justiça nos casos em que a nossa justiça não consegue punir? Uma justiça na outra vida que aplique penas a quem tira a vida dos outros e não é punido. Se houver, nós estamos todos ferrados, pois quantas vezes pisamos com cara de nojo em cima de uma barata, ou matamos uma mosca, sei lá, e nem é para comer, muitas vezes por puro prazer, então somos todos assassinos.

– Sargento, outra ocorrência! – A voz do soldado o tirou de suas reflexões. Apanhou o celular que lhe era estendido, dava cerca de duzentos metros de onde estavam.

– Você fica aqui – deu ordens ao soldado. – Vamos lá! – falou aos outros dois.

– Sim, senhor! – disseram os três, e seguiram na viatura com luz piscante e a sirene ligada, gritando aos quatro ventos que haviam descoberto mais uma vítima em algum canto e isso significava que teria mais pessoas chorando, mais pessoas sofrendo, e todas sempre se perguntando: "por quê? Por quê?"

Tiveram que dar uma volta maior, porque eram duzentos metros se fossem a pé, mas não havia estrada, somente pequenas veredas e calçadas, era do outro lado do anfiteatro, dentro do Hospital Universitário, justamente onde encontraram dois médicos mortos há dois dias.

– Meu Deus, o que está havendo aqui? – Largaram a viatura com o pisca e o sinalizador de cima ligado, piscando e faiscando, deixaram bem na porta da enfermaria, justamente aquela porta grande que parecia engolir as ambulâncias de sirenes ligadas, e subiram correndo, o sargento à frente, sempre a autoridade vai na frente, mas se houver perigo, ele fica na retaguarda, porque precisa sempre preservar a autoridade.

– Por aqui – dizia a moça –, por aqui. – E eles viram a porta aberta e algumas pessoas e foram abrindo alas, porque seus uniformes e seus revólveres, muito mais estes do que aqueles, impunham respeito.

Pararam estupefatos.

Sentado na metade da cadeira do pequeno consultório de serviço estava um moço alto e atlético, com a cabeça raspada, uma vestimenta de hospital que mais parecia uma camisa de força, só que as mangas soltas no ar. Segurava em seu colo, dava para ver que era com força, o pescoço de um corpo caído e balançava-se para frente e para trás, compassadamente, enquanto balbuciava sem parar:

– Tira isso de dentro de mim, tira isso de mim...

O corpo que repousava forçadamente naquele colo, agora o sargento conseguia ver, era o do Doutor Alfredo, o detetive. Estava todo molhado pela baba que escorria da boca do assassino.

Os três policiais sacaram suas armas ao mesmo tempo, apontando para a infeliz criatura e gritando:

– Parado! Largue o corpo! Parado! – Mas de nada adiantava e logo perceberam que ele era louco varrido e apenas os olhava com aquele olhar perdido, enquanto se balançava no vaivém compassado e murmurava sem parar: tire isso de mim.

O que chamou a atenção do sargento era um pequeno bilhete, no qual se lia: "vou sair às onze, pergunta ao Coutinho se ele sabe do Alexandre, ele não estava na observação. Bruno".

Agora começou a recrudescer um burburinho de pessoas ao redor e como a polícia chegara, parece que o pessoal se soltou, desandaram a falar alto, a emitir opinião, a colocar a mão no rosto e dizer "meu Deus", talvez tenham perdido o medo porque antes Alexandre estava solto dentro da sala, agora a polícia os protegia. O telefone tocando alto na mesa da recepção ecoou acima das vozes e a secretária correu para atender.

Era o Doutor Bruno, estava do outro lado da cidade, tinha parado num posto de abastecimento, porque havia muito tráfego e iria chegar atrasado.

Capítulo Vigésimo Quarto

Quando a noite espreita o dia

– Você entendeu bem o quanto é sigiloso esse negócio? – perguntou Bruno, fitando intensamente o interlocutor.

Estavam sentados na ampla sala da reitoria, o professor de informática era um dos melhores da universidade e Bruno explicava os riscos do projeto. – É um projeto das Forças Armadas – dizia – e ninguém poderá ficar sabendo, é ultrassecreto. Corremos risco de morte, sabia? – Sim, o franzino professor sabia, era inteligente demais para não saber, embora aquilo representasse algo totalmente novo, sequer sabia que a universidade trabalhava com esse tipo de negócio, mas ouvia muitas histórias e não era ele que ia questionar. Vislumbrava uma grande oportunidade de subir na carreira, ainda mais convidado diretamente pelo reitor. Isso era uma honra.

– Vamos trabalhar somente você e eu, ninguém pode saber do que se trata, entendeu? É um projeto que pode levar algum tempo, temos que implantar estes microeletrodos nos cérebros, copiar os impulsos elétricos para algum dispositivo externo e depois tentar reimplantar em outro cérebro...

– Trabalho complexo – aventurou-se a falar o franzino, mas Bruno parecia não lhe dar atenção, falando com aquele ar professoral e acostumado a manter-se imperturbável quando algum aluno falava no meio de alguma dissertação sua.

– Temos que tentar encontrar algum meio de transmissão de dados sem fio, talvez *wireless* ou *bluetooth*, ou mesmo rádio, sei lá, algo que dispense os fios – continuava falando sob o olhar atento do recém-empossado assistente.

Seu projeto estava só começando, mas prometia muito. Desde que tivera contato com aqueles arquivos algo mudou na sua vida, perdera o interesse por algumas coisas, que agora considerava banais, e todo o seu tempo disponível canalizava para aquela pesquisa. Estava colocando ali sua vida, aliás, ao que tudo indicava, estava colocando ali todas as suas vidas futuras, porque agora já tinha certeza da possibilidade de eternizar-se.

Não iria cair na mesma cilada em que caiu Barnes, que estava lá trancafiado dentro do cérebro de Alexandre, sem qualquer chance, onde provavelmente os fios arrancados por Lourdes não deixaram o processo se completar.

Não, dessa vez partiria de outras premissas, trabalharia com informação estática, primeiro alocaria os arquivos em algum dispositivo, faria a devida depuração, para somente depois os reimplantar. E só faria a experiência consigo depois que tivesse certeza que a coisa funcionava perfeitamente. Teria que testar bastante primeiro. Em sua cabeça, já começava a mapear algumas possíveis cobaias humanas para estes experimentos, cobaias que fossem fáceis de descartar, sabe como é, uma pequena bolha de ar na veia ou mesmo uma injeção de morfina, aquela que faz o paciente morrer sorrindo. Embolia é uma *causa mortis* fácil de diagnosticar e difícil de apurar. Ainda mais em um hospital onde sempre morrem pacientes. "A ciência não pode parar agora" era seu lema e "a vida está acima da ética" era sua bandeira, bandeira que desfraldaria sem qualquer pudor ou sentimento de culpa.

Mas isso é para depois, pensou enquanto dispensava o professor de informática, agora alçado à condição de assistente da reitoria, que saiu lépido, pois não era toda hora que surgia uma oportunidade destas, trabalhar em uma pesquisa ultrassecreta, algo que possivelmente era para o Governo. Doutor Bruno não tinha aberto muito o jogo, mas já se via recebendo as honrarias por ajudar a mudar os caminhos da raça humana, ser um dos partícipes da grande virada que a humanidade daria.

Bruno rodou a cadeira para a janela e contemplou o final de tarde que se avizinhava, um céu que queimava as últimas cores da tarde, para depois espalhar as cinzas sobre o entardecer.

Nada de fios desta vez, pensou. *Não seria um risco colocar esse cara no projeto? Sabe como é, ele poderia dar com a língua nos dentes, falar para a namorada. Tudo o que tinha acontecido ali recomendava prudência. Bem, ele ia precisar de alguém de qualquer jeito, não tinha como ser diferente. E se o cara abrisse o bico, aí a gente tomava providências, avisado ele fora, aliás, depois tinha que pensar numa forma de se livrar dele, mas isso era para quando ele não fosse mais necessário, vamos com calma, nosso projeto não pode parar.*

Bruno ainda era novo, tinha muito tempo pela frente, poderia se dar ao luxo de arquitetar seu projeto com muita calma. Situação muito diferente de Barnes, pois este estava sob pressão, tinha um câncer que o estava comendo por dentro e, além do mais, já estava velho e recluso. Não, esse projeto era muito grandioso para ser feito de supetão, tem muito para se pensar, um passo de cada vez, é algo para ser saboreado lentamente, como um bom vinho, ser degustado aos poucos. Mas sem fios desta vez.

Voltou os olhos para os jornais velhos que estava lendo antes do franzino professor chegar. Não sabia por que, mas aquelas notícias exerciam um estranho fascínio sobre ele, guardava-os como se fossem algo precioso, como se fossem o registro físico de que seu projeto seguiria a qualquer custo, pois a vida não poderia parar e caberia aqui a frase de Gilbran, quando diz que "a vida não caminha para trás nem delonga-se no ontem".

Tomou aquele jornal de dois meses atrás que estampava a foto de meia página de Alexandre, com aqueles olhos esbugalhados e a cabeça raspada. Em seu rosto se estampava um estranho sorriso, segurando a cabeça do velho Alfredo sobre seu colo e sob a foto a manchete em letras garrafais: "Louco mata quatro dentro de hospital". Em letras menores, havia uma chamada que dizia que o maníaco matara, inclusive, o detetive que investigava o caso.

Em outro jornal, e neste havia somente o recorte, uma notícia em letras pequenas dava conta de que o detetive Nascimento fora promovido a chefe da repartição e enaltecia o trabalho dele, principalmente o trabalho que lhe deu notoriedade, ao resolver com rapidez e eficiência o caso do "maníaco do hospital", um paciente com distúrbio de personalidade que não podia ser confrontado, pois explodia em violência, destruindo tudo e todos que estivessem em seu caminho. A notícia continha ainda algumas explicações do Doutor Nascimento sobre o comportamento bizarro do assassino, que matara os médicos que cuidavam dele, algo comum nesse tipo de distúrbio, além de matar uma moça que possivelmente fora sua namorada, pois não havia outra explicação para essa morte.

Em outra nota, esta meio escondida no meio das notícias policiais, o diretor do Instituto Pericial confirmava que a perícia técnica tinha chegado à conclusão de que a explosão no edifício Morrinhos fora acidental, pois um dos professores que ali residiam mantinha um botijão de gás em seu apartamento, o que era sabidamente proibido e extremamente perigoso. Um pequeno vazamento e uma mísera fagulha foram suficientes para destruir boa parte do prédio e ceifar as vidas de duas pessoas, um dos quais era o dito cujo professor da instituição.

Em outra nota, e esta estava em uma folha dupla do jornal, o Doutor Bruno, agora como reitor da universidade, explicava que a instituição não tivera qualquer responsabilidade na fuga do paciente Alexandre, agora conhecido como "maníaco do hospital", pois o que aconteceu foi uma mera fatalidade. Alexandre agora estava sendo monitorado e vigiado dia e noite, havia sido destacado um enfermeiro especificamente para cuidar dele, dado o seu comportamento de alta periculosidade e extremamente violento.

Dizia mais o Doutor Bruno, as pessoas é que foram descuidadas ao se aproximarem sabendo o quanto ele era perigoso. O hospital e todo o seu corpo clínico lamentavam profundamente o ocorrido com o casal de médicos mortos por ele e também lamentava a morte do detetive Alfredo, mas acreditavam que este não tomou os devidos cuidados ao tentar obter informações com o paciente, possivelmente fazendo pouco caso de sua violência.

Salientava que o hospital tem uma ótima estrutura e ótimos padrões de qualidade em seus atendimentos, inclusive é um dos poucos hospitais certificados pela ISO 9000.

Largou os recortes e olhou novamente a luz que entrava por sua janela. O sol agonizava, lançando fagulhas alaranjadas, que se espraiavam no entardecer. Era como se ainda tentasse se agarrar às nuvens que teimavam em permanecer na tarde, pretendendo ficar mais um pouco, para colorir com outras cores o matiz alaranjado no qual o céu se convertera. Ao fundo, no recorte azul das montanhas, havia um cinza enevoado, prenúncio de uma noite que espreitava as cores teimosas da tarde, como se as estivesse sorvendo, sugando-as, para depois surgir radiosa em seu negro betume. Era um lindo pôr do sol, típico de final de primavera.

Em cada banco daquele imenso jardim, as pessoas pareciam paradas no tempo, todos se quedavam inertes a contemplar aquele espetáculo que estava prestes a findar-se, recolhendo-se para amanhã retornar novamente, armar a lona do espetáculo na abóbada do céu e novamente aspergir suas cores sobre os mortais, que sequer têm tempo para apreciá-las. Mas num hospital sempre se encontra tempo, porque aqui o tempo não mais interessa, por isso todos os pacientes estavam parados na muda contemplação.

Não todos. Um paciente parecia não encantar-se com tão bela paisagem. Um moço alto, loiro, com olhos esbugalhados de azul intenso, parecia não olhar para nada, apenas para o vazio, pouco se importando se o Sol estava definhando ou não. A roupa que vestia não lhe dava qualquer chance de movimento, seus braços se comprimiam sob a camisa de força, percebia-se que aquela roupa lhe apertava muito o corpo. Estava sentando no banco do jardim, ao lado de um atento enfermeiro, mas sentava com apenas metade das nádegas no banco de madeira.

Aqueles olhos azuis plácidos fitavam o nada e dentro de si havia uma luta insana, uma batalha de titãs, que se refletia num cadenciado balanço, que jogava seu corpo para frente e para trás, num ritmo lento e compassado, ao mesmo tempo em que balbuciava, com a baba escorrendo de sua boca:

– Tire isso de dentro de mim, tire isso de mim...

Barnes também contemplava o pôr do sol e também percebia o quanto a noite queria dominar o dia, mas percebia com tristeza que este teimava no firmamento, parecendo querer também ser eterno. A noite venceria o dia, com certeza, mas e Barnes?

Agradecimentos

Este livro nasceu de longos bate-papos com pessoas que me são muito caras e a quem dedico esta obra. Agradeço imensamente à Erondina, esposa e amiga, cujas ideias em muito contribuíram para o desfecho desta obra, muitas dessas ideias temperadas pelo rubi de uma taça de vinho. Sem sua companhia e sem sua compreensão esta obra certamente não se concretizaria. Obrigado pelo incentivo ao longo destes anos e por fazer parte de minha vida.

Agradeço aos meus dois filhos, George e Jean, ambos escritores e excelentes profissionais, que muito me orgulham. Certamente a curiosidade deles desde a infância foi a mola mestra que me incentivou a escrever e nossas discussões sobre os mistérios da vida em muito contribuíram para que eu tomasse esta iniciativa.

Agradeço a meus pais, que, com suas limitações e poucas possibilidades, não mediram esforços para me proporcionar uma vida digna, especialmente minha mãe, pelos nossos gostosos bate-papos. Na figura de meus pais agradeço meus ancestrais, com respeito e admiração, pois hoje sou a representação da continuidade da vida através deles.

Agradeço a esta imensidão de pessoas a quem chamamos de amigos, pessoas que me ajudaram ao longo desta caminhada pela vida, muitos anonimamente, fazendo especial menção aos que se tornaram próximos, propiciando uma fonte inesgotável de experiências. Muitos dos personagens deste livro se espelham nos meus amigos.

Não poderia deixar de fazer especial menção a algumas pessoas que tiveram a paciência de ler antecipadamente esta obra e muito contribuíram com suas críticas e sugestões, corrigindo vários erros que me passaram despercebidos: o ilustre advogado Dr. Reinoldo Corrêa, o nobre médico Dr. Eduardo Missias M. Oliveira e a atuante professora Denise Higo. A estes meu muito obrigado pelo esforço despendido.

Agradeço também todas as pessoas que têm como profissão a busca pelo desconhecido, especialmente os cientistas, abnegados profissionais que sabem que a vida não pode parar e tudo fazem em prol de proporcionar uma vida melhor aos habitantes deste planeta. A estes incansáveis batalhadores, o meu respeito e minha gratidão.

O Autor